我从远方赶来
恰巧你们也在

枫子

著

中国华侨出版社

趁日色还没暗，趁暖风也还在

喜马拉雅电台老歌情怀频道、调频 FM92.7 漳州交通广播主持人　小南

枫子，我的学妹。

这些年，我一直待在同一个城市，作为一名电台主持人，因为节目时段的关系，远离了朝九晚五，避开了所有车流高峰期，也搭不上友人正常的娱乐休闲邀约。枫子不一样，这些年，她一直在各个城市流转，一边打工，一边行走。

在枫子出版了第一本书后，我给她做了一期电台专访。

很荣幸，在枫子的第二本书里，她邀我写序。

我答应她，要认真写。

现在的你，终于可以一面活得烈马青葱，一面在内心修篱种菊。

你把现实里的琐事看得清淡，那些频频为难生活的人和事，在你的笔画里，也变得善解人意。

这是枫子的第二本书了。关于书的名字，中间有些小曲折，后来尘埃落定——"我从远方赶来，恰巧你们也在。"一切都那么刚刚好，早一点，碰不上面，晚一点，你们已启程远去。我所认为的，生活里最可怕的就是"总差那么一点点"。世事刚刚好，遗憾自然不存在，这是理想状态，倘若这种状态我得不到，依旧祝福别人能够得到。如果早晨不赖床一分钟，或许还可以赶上那一班公车；如果不看那场电影，或许不会遇上这场大雨；如果不走这条小巷，或许还碰不上久违的你。但，"总差那么一点点"，于是，"恰好""刚刚好"就越发珍贵。尽人事，听天命。

很庆幸，在应该天真的日子里，我们都没有太过懂事，不去计较"如果"，烦恼也就远走了。

看完这本书，我的内心很平和，也希望你们能在里面找到些段落，安慰起伏的心。

这次的书里，她选择的人和事，都发生在不同的城市。在我看来，择一人选一城，前提是人能接受，城能收留，其余的隔阂、阻拦总能解决，只是多了些迂回，但迂回小道的风景其实反而更明媚。好在，枫子经过的城市，都有让她停下来的理由。每个城市，她都公平对待。

心灵鸡汤换成蔬菜沙拉，吃第一口，觉得口味清淡，心里还念着大鱼大肉，吃最后一口，觉得肚子已饱，大鱼大肉都显得无感。人都容易得到满足，即使他们一开始信誓旦旦非什么不可，到最后也会变成随便啦，就这样吧。好在，这本书不是心灵鸡汤，不会在你喝第一口后，就想找颗话梅解腻。又好在，它没有告诉你，人生应该要熬成什么味，你重咸，我不会阻拦你放盐，你好甜，我不会刻意抢走你的蛋糕，但，我随时欢迎你来品尝她的手艺。"很多人的人身尚且安全，思想已被绑架一空。"这是她在书里提到的一句话。节目中，我同样不喜欢指使听友的情绪走向。就这一点，我和她是很像的。

书中，关于感情观，有一篇里头她提及："有人相爱不知离别，有人相爱就知离别，有人相爱早知离别，有人相爱再无离别。"我把这个归为一个姑娘恋爱的心路历程：情窦初开时，经历人事时，久经情场时，苦尽甘来时。但愿所有好姑娘，你们只要经历第一和第四阶段就够了，第二和第三阶段都太苦了。但愿我们始终感知，"爱之于我，不是肌肤之亲，不是一蔬一饭，它是一种不死的欲望，是疲惫生活中的英雄梦想。"

心房不大，也就容易满。上次给枫子做了一期电台专访，节目结束后，找了家餐厅，吃了午饭，那时候，还不知道第二本书即将面市。两人面对面坐在一起，聊了我的家常，也聊了她的家常，于是，这一顿家常吃了四个多小时。在送她去车站的路上，她说，"一天之内，总能发生几件事情，但只要有一件是开心的，就会很满足。"我表示认同。到了车站，买了最近一班的车票，看着这个时间点，车子恐怕是要开了。匆匆忙忙送她到检票口，她在长长的队伍里，回头向我招手，我突然有种失落感，这种失落感来得快且浓烈，因为离别，我知道，我是怕这个的。过了一会儿，我看到她和检票口的乘务员说了几句后，迅速离开队伍，兴冲冲地跑到了我面前，说："班车晚点，还得再过好一会儿！真好，又可以多说会话了。"我自然是开心的。她顿了顿，又接着说："这个晚点，就是今天最开心的事儿。"

我对自己从事的职业说过一段话："广播是一种情怀，虽忙但不盲，舍不得用'工作'两字俗化它，也不会将它上升到阳春白雪不染尘土，我只是庆幸，它在实现我理想的同时，顺便免去了我为生活奔波的其他苦。"广播之于我，就如同文字之于枫子。

早些年少时，舍得买书，买一本，看一本，如今，难得看书，拿一本，丢一本，但我现在要告诉你，阅读纸质书更容易有快感，当然，也冒着你们可能觉得我陈旧、老套、过时的危险。去看看吧，我从远方赶来，恰好你们也在，趁日色还没暗，趁暖风也还在。

序二
致风一样的女子

创意梦想导师、美国 Toastmast 演讲培训俱乐部会员　瓶子

初识枫子，是在 2012 年的云南大理。那时的她，一头乌黑的长发，宛约有些古代女子的柔美和清秀。一件白色的 T 恤，搭配一条淡蓝色的牛仔裤，清纯可爱。在和枫子的交流中，几句话就让我对这个女孩有了一种莫名的好感。

再见枫子，已是 2015 年，那时的她，正在厦门一家青年旅舍里工作，并且即将出版她的第一本书——《你是我必经的流浪》。

2016 年，枫子的第二本书《我从远方赶来，恰巧你们也在》正在来时路上，听到她想邀请我为她的新书写序，当晚我一口气就读完全书书稿，如饮甘露。读到某些篇章时，内心被触动了，仿佛看到了自己当年的影子。书中有她对生活新的诠释，有对于梦想的坚持、青春的留恋，文字间流淌着对于人生的思索，还有那无法掩盖

的少女心，而这恰巧也是生活在这个浮躁社会中的我们所缺失的。

在我看来，这就是真实的枫子。她向往自由，渴望过上自己想要的生活。她喜欢音乐和书本，喜欢用文字记录下生活中的点滴。她有着一颗敏感而细腻的心，一草一木在她眼里都变成了另一番可爱的样子。

去年到厦门旅行，也顺便去看了枫子工作的旅舍和居住的宿舍，让我意外的是，她的生活正如她的人一样，简单朴实。不大的房间里，一张小床，床边是一张简约的小桌子，桌子上放着几本书和一个笔记本，每一件东西都是这样恰到好处地存在着。屋外，一个不大的小阳台能看到蓝天白云、巷子行人，闻到清风徐来、落雨纷纷。枫子说，这是她最喜欢的。在我眼里，枫子就像一株向日葵，永远向着阳光绽放。

如果你也曾对自己的人生产生迷茫，不知该如何选择前方的道路，那么你可以从这本书里，借着枫子的文字，想到最适合自己的办法。人生蓝图的版本不是只有一个，每个人都能创造自己的生活。

生活不止眼前的苟且，还有诗和远方的田野。你从远方来，恰巧我们都在。

序三
怀念的人啊，等你的来到

宜信公司资深 HR　小莺

我和枫子的结识，全源于那么遥远的五个人，Mayday 五月天。

虽然枫子曾说，我在第一本书的序言当中对初见杭州的描写太少，我也承诺等她出第二本书时好好地写写当时的故事，只是抱歉。

你有没有一种感觉，有些回忆虽然过了好长时间，我们仍很清晰地记得，但是却在要说出口时无语凝咽，那段时光就好似一场美梦，真实又朦胧，这也许就是只可意会不可言传的意思吧。浩大的五月之梦，想起那段时光难免还是会有些唏嘘，多希望这一份难得的友谊能够像美酒一样，越来越醇。

只是很庆幸，也许是因为相似性吧，和枫子一直爱五月天，爱三毛，爱旅行，爱流浪。枫子爱得更自由，我爱得更束缚。我觉得这就是浪漫的摩羯座和理性的水瓶座的区别。在我看来没有哪种方式比较好，只是我们选择了不同的道路，坚持走到底就是胜利了。

在《你是我必经的流浪》中，关于枫子的旅行，拥有的是对生活的热情，而经过了两年的时间，通过这本书，我看到的是一路以来枫子异于常人的坚持。

人们向来都是从拒绝成长到成长，只希望活出自己希望的模样，但又有多少人能坚持这样的信念呢！

阿信唱到"再不去闯，梦想永远只会是一个梦想"，就拿雅思这件事情来说，非常有感触。作为英语专业出身的我，身边有很多的朋友计划着想去新西兰打工旅行，这样的一个针对年轻人的旅行签证实在很有吸引力。当时枫子在提到要去考雅思的时候，我觉得可能就是一时兴起吧，毕竟考试还是有难度的，而且这一整个流程下来也需要时间和精力，我身边的那些计划着要去的伙伴们也是说着说着就没下文了。

直到后来帮她报名缴费，再去抢名额，到最近得知她将会在今年出发去澳洲，我才发现自己之前的想法错得很离谱。嗯，是我太低估了这个小姑娘了，同时我又有些感动，原来我们曾经幻想过的旅行，后来觉得麻烦没有坚持下来的，有人真的可以做到，而且就在我们身边。她没有什么优势，也没有雄厚的背景，只是按着自己的计划一步步完成，让我们这些每天做着梦却因为各式各样原因放弃的人觉得自惭形秽。虽然她在和雅思的"交往"中非常的煎熬，在开花结果后还残忍地决定"分手"，但是一切都是值得的。

都说艺术源于生活，生活当中我们有很多的愤怒、委屈和无可奈何，种种这些通过枫子的叙述，我也看到了她另外的一面，也许是我们平常难以看到的一面。一个人旅行，有很多压力也会有很多困难，我们无法去预估也无法猜测，只是我相信生活始终高于艺术，因为我们每个人都充满着无限的可能性。压力与困难会成为养分，帮助枫子成为更好的人，当然我更希望，能有一个人能够代替你我陪伴枫子一起完成后面未知的旅程，一如书里的长情告白。我已经开始期待之后的故事了，那么你呢？

一生只有一次，就如春天只有一个五月，五月的大雨，说淋就淋，不再怕啦！

致最朴素的生活和最温暖的情怀

记得在几年前，舅舅为了劝我结束在外旅行流浪，回归"正常人"的生活，这样鼓励我说："文章写得不错嘛，但是呢，要想成为一个作家，你就得过最普通的生活，关注最平凡的人。"作家？我看不要坐家才好。不过，自从毕业之后确实没有老老实实地上过班，也想过总有一天要回归到一个普通的城市，挤上一辆公交车，来回穿梭在出租屋和公司之间。也许回归到"正常人"选择的生活中，会给我更多写作灵感呢！

可惜，上班的日子并不如舅舅想得那么简单，对我而言，那其实是另一种旅行，最遥远的梦、最天马行空的想象并不会因为所谓的回归而停止。而那些最最平凡又各个与众不同的人们，也并不如我所想象的那样充满喜怒哀乐，来往繁复的人流交织并没有给我们的生活带来七彩的烟火。重复而忙碌的生活让人不知不觉把心底的快乐和悲伤都藏了起来，好奇没有了，关心没有了，感受没有了，人们不约而同地为工资拼命，发愁的脸是那么麻木。

我开始想要反驳舅舅的话，不是说这里会有很多各不相同的欢声笑语、辛酸苦辣值得人们去体悟的吗？可是当我每天走在这样的路上，遇上那样的人，为什么他们不会微笑、不会哭泣，身上从来不散发一丝光芒，只懂得依葫芦画瓢，遵循着别人的指导，重复着别人的生活。而这并非我所喜爱的朴素。

朴素并不意味着日复一日年复一年，它不是古旧，不是破烂，不是空洞，不是偷懒，不是被人们当作麻木的理由，更不能剥夺人与人之间最珍贵的温暖情怀。我喜欢朴素的生活，喜欢这样一个单纯、简单，被爱环绕的世界。在这个小小的世界里，我可以利用闲暇的时间满足自己的爱好，可以在这面简单的墙上任性地涂上喜欢的色彩。我喜欢朴素留给人的那么多遐想空白。

像她每次上下楼梯哼唱的歌，像他维持交通秩序时的呐喊，像她随风就散的烦恼、天真无邪的笑脸，像他视若无人自歌自唱的自由，像她自然流露表现的爱恨，像她埋头苦干也不曾忘记的梦想……

而我，想记下的，不过就是这最朴素的生活里最温暖的情怀。

目录
Contents

Chapter1 ｜ 第一章 ｜
想把我唱给你听

Chapter4 ｜ 第四章 ｜

当我和这个世界无话可说

Chapter5 ｜ 第五章 ｜

给我一杯时光，让我靠近温暖

Chapter6　| 第六章 |

趁阳光正好，趁青春未老

第一章

想把我唱给你听

"不正常"先生

　　似乎，我们的周围充满着的都是正常人。我们一样地，日复一日起床、吃饭、上班、回家，我们默默地在路上擦肩而过，在同个公交站等同一路车，在车上相邻、相对，或是背靠背。我们很正常，玩自己的手机，聊自己的电话，听自己的歌，从来不会和身边的陌生人搭讪、微笑。

　　试想一下，如果你突然跟站在身边那个你不认识的人打招呼、相视微笑，那画面该有多奇怪。也许对方不仅不会理你，还会在心里嘀咕：神经病。

　　而今天，一如往常的早晨，我却遇到了一个"怪人"。

　　刚走到公交站不久，就来了一辆52路公交装走了我们几个人。车上的人大多很安静，彼此互不相识，通常情况下，没有人会主动和陌生人说话，哪怕正在看同一个公交电视节目，沉默自己、欢乐自己。公车前门背靠窗的座位上坐着一个乍一看不知道是男是女的乘客，但我最先认定的是，这是一位大妈。鲜艳的格子外套、黑色针织围巾，尤其是那纯棉大红色花裤子，特别引人注意。

她坐在靠近上车门那一排最靠里的位置，而我正好与她相邻——再往里第一个靠窗的座位。因为位置略低，几次不经意抬头，打量她，心想，这格子外套还挺时尚，至于这大红裤子嘛，还是第一次在公交车上看到有人这样穿。我又往上看她的头发，有点短，差一点才齐耳。目光继续往左挪一些，那是一张横着几条皱纹还有些黝黑的脸，不像女人。我迅速定睛一看，像在眼睛里装了扫描仪似的，这分明就是一张男人的脸呀，我像是突然发现了什么。我很确定，这是一位大叔。

大叔穿花衣，也没什么大惊小怪的，我又转头看窗外。可是，不一会儿，我的眼神又瞄到了大叔不对劲的举动。他一会儿自顾自地扭动起身体、有节奏地轻轻跺起脚来，像个娇气的姑娘，一会儿翘起兰花指，在放在膝盖上的包包上弹起"钢琴"来，一会儿又轻轻抚起手到脸旁，俨然一副娇羞小姐的样子。我猜大叔应该是一名戏曲演员，或是爱好者。可是，在这辆车上，显然他是一个怪人，一个"不正常"的人。一个可以在坐满乘客的公交车上视若无人一般自导自演的人，一个跟其他人的行为完全不同的人，一个和正常人看起来不一样的人，只能叫他"不正常"先生了。

我看着"不正常"先生的一举一动，觉得十分有趣。看惯了平日遇到的如木偶一般的陌生人，"不正常"先生的自我陶醉虽看似格格不入，在我看来，却是充满了生命力。而相反地，大部分人，不管他们在家人、朋友面前多么地风趣幽默，一到陌生人面前，全部变得紧张兮兮、谨小慎微、无聊透顶。很多时候，我也有想要变得"不正常"的想法，比如在人群中大喊一声、和不认识的人讨论一件事、边走路边大声唱歌……在任何时候任何地方视若无人一般做自己想做的事，即使被当作神经病也不在乎。可惜每每要说的话到了嗓子眼，还是胆怯地咽回去。因为周围总是充满了令人在意的眼光，这要命的东西，常常让人觉得危机重重。此刻，我只觉得"不正常"先生扮起女人来，也是美得很。

当公交车到达"状元境站"时，"不正常"先生突然抬头问站在他面前的一个男人："状元境在哪里？"一脸微微嬉笑，突然被问到的人恐怕要被吓一跳吧。果然，那个男人丝毫没有理会，并且把身体往后挪了挪。我开始怀疑"不正常"先生会不会真的有点不太正常，但是心里又窃喜他吓到了一个正常的木偶人，甚至是吓到了全车的人。而坐在"不正常"先生对面的几个年轻人依然低头玩着手机，也许他们也在某一瞬间抬头注意过，可是还是乖乖地视而不见、听而不闻，没有人想或是敢表达眼前画面是有趣、滑稽，抑或是奇怪，一句话、一个眼神、一个动作，都没有。没有人敢看"不正常"先生，我也不敢。妈妈说过，不要搭理身边的陌生人，可是如果他和我讲话，毕竟我离他这么近，怎么办，怎么办？

公交电视里正播着关于小年的节目，主持人说到"在小年里，家家户户都会祭拜灶王爷……"听到"灶王爷"，"不正常"先生又起劲了。他认真地把双手放到胸前作了个揖，鞠了个躬，说："灶王爷，小生这厢有礼了。"那专注的样子差点逗笑了我。如果大叔是在纵情自我的话，到了这个份上也是够了，再继续下去，我真的要怀疑：大叔，你——真的——正常吗？接着，他又将起自己的围巾当长胡须，自说自话："我是灶王爷。"然后环顾周围，边将围巾边问："像不像灶王爷？像不像灶王爷？"当然，没有人回答他，也不会有人搭理他。随着又一句不依不饶的"像不像灶王爷"声音在我面前响起，我知道他也低头看向这边，我慢慢抬起了头，第一次和"不正常"先生四目相对，却紧张得只能微笑不能语。天知道，我多想又笑又语，像平日里的疯子，可是不行，我也是那胆小的木头人。

这时，公交车上又开始报站：下一站，汽车站。"不正常"先生再次对着空气说："下一站，要下车咯，要转车咯。"一副众人皆我听众的潇洒。我一听，这才恍然大悟：原来"不正常"先生是知道下车的，而且还知道转车，他是正常的。

车到站了，"不正常"先生轻盈地站起来走向后门，我不敢目送他，谁又会去目送一个陌生的乘客呢。等到车门关上，我迅速转头往窗外看，试图寻找"不正常"先生的身影，以此目送，可惜他往相反的方向走去了，我再也看不到那亮眼的大红色了。

车继续往前开，前面刚刚空下的座位立刻坐上了一位年轻的姑娘，那么无精打采，和刚刚的大叔形成鲜明对比。我略有遗憾：好不容易来了一个有趣的人，怎么这么快就下车了呢……

一生一事，足矣

一个人，一辈子，要做好多少件事才不虚此行呢？我想，认认真真地去做你最想做的事，一件就够了。这是从一个百年老店的老板口里偷偷总结来的箴言。

为了可以给网站做一次线下活动，妞与我特去三坊七巷探访一家十分有名的百年老字号"同利肉燕老铺"。工作日的午后，三坊七巷的游客并不多，我们带着游玩的心情在南后街一边欣赏两旁古朴又精致的小店，一边寻找"同利"的招牌。妞视力好，一下子就找到右前方的一家店铺，门顶上挂着的牌匾上用金色大字写着的正是"同利肉燕老铺"，再加上"百年老字号"，在这修缮翻新后的三坊七巷里，就像是一个大宅子里的当家太爷。

店面太小，没有客人，我们不敢贸然过去，先是站得远远的，商量好怎么表达找老板的意图。妞带头上前先介绍道："您好，我们是××××××。"店员阿姨茫茫然，表情充满了疑惑，然后顿悟一般，流利地说："找老板，去林则徐纪念馆斜对面。"那话顺溜得要再自我回放一边才听得明白。

原来，在南后街的澳门路口还有一家铺子，而位于街尾的这家才是百年传承下来的老店。店员阿姨说老板不在，他很忙，偶尔才会来看看。我们拿走一张老板名片，又留下自己的名片，请阿姨代交给老板。从小店里出来，妞说："现在呢，去哪里，还是回家。""不进去吃一碗吗？"我说。她立刻同意："可以啊！"我们又转身回到小店。

"阿姨，给我们两碗肉燕。"我说。

店里的阿姨笑笑，说："是嘛，坐着吃一碗，说不定老板就来了。"

我们也笑笑，我想着阿姨真会拿人打趣。

没想到才吃到第二碗，听到门口有人来，粗犷的声音和店里人打招呼。我们俩低头正细细嚼着肉燕，并不太在意来人是谁。

倒是那打趣的阿姨还惦记着我俩，说："你看吧，老板就来了。"

这时，我俩才转头，看见一个嘴边留着一圈胡子的方脸胖墩墩的男人。简直不敢相信，因为坐下来吃一碗肉燕，真的就等来了老板。我们放下调羹，想说话，老板淡定地说："慢慢吃，吃完到二楼找我，上面有贵宾室。"

外头又来了几个来买燕皮的街坊阿姨，看起来是熟客。其中一个阿姨笑盈盈地问："很忙啊，不再去做点别的吗？"老板笑笑，回答道："我只要把肉燕做好，就可以了。"转身上楼去了。简洁利落的话，被我们记在了心里。

我俩还真不着急，慢悠悠地品尝完美食，然后擦了擦嘴巴，往里走。打开一扇像窗户一样雕刻精细的木门，扶着墙走上那又窄又陡的楼梯，弯腰低头走进老板说的"贵宾室"，啊呵，原来是一个办公小阁楼，一个书架，一张桌子，几张椅子，果然被老板幽了一默。

我们开门见山跟老板说了周末想带小记者来做采访活动的意图，如我所料，豪爽的老板果然爽快地答应了。他说自己刚刚才从澳大利亚回来，还指给我们看书架上的照片，一张是他和一个女人一起抱着一只考拉，一张是他在澳大利亚的某个海滩。而在看照片的同时，其实我正在琢磨的是老板的话，我疑惑地想：一个肉燕店的老板，还用去澳大利亚出差？我突然不知道该问老板什么问题好，生怕话一出口就暴露了自己准备得多么不充分，多么不专业。

既然周日就会再来采访，那就不问关于老店和肉燕的问题了，随便聊点什么呢？"老板，你们这个店怎么不开大点呢，有点小呀。""开大就不是百年老字号了，就成公司、成集团了。"依然是那种快速的无需思考、无需标点的回答，再配上眼角和嘴角微微上扬的哼笑，我的脑门瞬间像被人一掌盖过来一个"二"，不再说什么。

"诶，您是几岁开始做这个的？"妞问话中"的"尾音还没落下，老板就立刻干脆接上回答："12岁。"我们的问题没有新意，完完全全低估了眼前这位采访对象。也许是受不了我俩的无知，老板麻利地从书架上拿下两本书分给我们，那是他的传记。这下我们啥都不用说了，如老板所言，看完书，一切了然。

回到家，立刻翻开他的书看起来，简单的"百年老字号"五个字一下子被文字追溯到了19世纪末，有些恍若隔世，刚刚所见那家小铺的老板也被文字翻滚着从60年代变迁到21世纪，其中的故事已不知让人从何问起，而那间我们和老板闲谈的"贵宾室"，竟然就是一百多年前出产燕皮的制作间。

几十年来，小铺老板从学艺到传承，再到为与时俱进而建立品牌、宣传肉燕文化，如今已经是奔走各国做美食交流的节奏了。虽然期间涉足过许许多多不同的领域，也尝试过各种各样的宣传方式，但所做的任何事都不离本行，离不开肉燕。很难想象，一道本土小吃也能让人这样绞尽脑汁地去折腾，还能自得其乐。能把小小的肉燕做得风生水起，也是牛了。能抓着人生中一件得意之事把玩一辈子，也是一件伟大的事啊！

再看看如今身边的人和自己，有几个能认认真真专心于一事，并且坚持不懈做到极致？与前辈们相比，生活在现代社会里的我们在物质上确实是丰富了太多，摆在我们面前充满诱惑的选择也是数不胜数，按道理说，该是幸福的一代了。可是，也许正是因为选择太多，我们常常左顾右盼，犹豫不决，甚至时常捡了芝麻又丢了西瓜。迷茫，是我们的通病。今天想要成为业内的佼佼者，明天想卷铺盖当一个自由职业者，后天想环游世界。最后不仅哪儿也去不了，工作成绩也平平。什么都想出类拔萃的现代人，反而到头来，什么都乏善可陈。

古人说"术业有专攻"、"行行出状元"，可是现在大部分的人却不知道自己该从事哪个行，就哪个业，更别提去专攻，再成状元了。我们要么没有喜欢做的事可折腾，要么不能做自己喜欢的事，要么喜欢了也折腾了却不能持之以恒。因此，我看谁，都觉得他们的神情恍惚，身影飘忽，没有定性，不能落地。

我想，尽管只是一件事，若是自己喜欢的，都值得我们展开思想风暴去换着法子而耗尽心力成全它，然后成全自己，成全那个返璞归真的自己。一生一事，也许，真的足够了。

而我，也想往这样的目标前进，从一百件半途而废的喜欢到一件坚持到底的爱，从一天多样的贪婪到一辈子一样的充实。

后来呢

其实不大喜欢看小说，有时不知道看着书里的人物分分合合，争来闹去对自己有什么意义。但又不能去怪书本身，或许是自己不曾有过相似的经历，无法产生共鸣的缘故。

除了中国文学之外，要是突然想翻翻国外翻译来的文学作品，多数时候会选择日本文学。不管是我看过的为数不多的日本文学、还是电影、动漫，经常会有突然跳出类似二次元这样怪力的思维，他们可以穿透社会的表层一直往最深处钻，直至挖出和普遍的表象截然不同的真相。相比"贴近生活"这一类作品而言，他们的反其道而行不能说不是另一种人群关怀。

终于要说到这本给我带来惊喜的小说——《后来的事》，来自日本作家夏目漱石。要是有人提前跟我说，这本小说的情节一点也不波澜起伏，两百来页的文字竟然只是停留在一两件事情上，我想我可能会嗤之以鼻地回一句：那还有什么好看的？接着把这个书名从脑海中过滤掉。可是，当我已经看到一半，那一件事情还在双方之间迂回时，我一边惊讶自己竟然还能看下去，而且是心甘情愿地看下去，一边佩服作者的耐性，同时还能让一个渴望故事出其不意的读者既想知道后来，又不至于那么着急。

我想，这一切要归功于作者在小说中塑造的主人公——长井代助，那个在外人眼中、无所事事、不思进取、一再违背父亲意愿却又在经济上依赖父兄的啃老族一员，可是对自己随心所欲的精神追求又相当满足。他每月从家里领取生活费，过着有仆人可供使唤的生活，又从心底里瞧不起父兄妥协于社会的虚假懦弱。他没有一份能使自己经济独立的工作，却把原因归咎于自己身处的这个社会不能有一份适合他的工作。他鼓起勇气，向朋友的妻子——一个不幸福的女人表达自己隐藏多年的爱意，不顾家族名誉，几乎让父子关系断绝。他的随心、随性以及为难、犹豫，让故事理所应当地徘徊不前，让一个急于想知道后来的事的我也不自觉地跟着主人公思索彷徨了起来。

没有完全想随心就能所欲的人，即使是这样一个在我看来已经过分沉浸在个人世界的人，也不能幸免。尽管他能坚持自己的想法，跟随自己的心，却不能控制他人意愿的强加逼迫，最后还是要无奈地徘徊在理想和现实之中，使得一颗不愿妥协的心千疮百孔。也许，从个人的行为来看，他违背孝道和友情，违背了社会的规则，甚至可以说是一个不正常的人。可是，尽管他伤害了自己的亲人、朋友，伤害了所有关心他的人，但那些伤害归根结底不过是皮肉伤，也许是名声，也许是尊严，甚至只是外人的流言蜚语。而于他内心深处那根坚韧的弦而言，一旦受到这样四面八方的压迫，不得不违背那份信仰时，所受到的伤害也许比结束生命还要痛苦。毕竟，只是用身体在生活的人，还不至于到崩溃的境地。

幸好，他没有屈服于父亲、兄长、嫂子的三面夹攻，接受一个家境体面但自己并不喜欢的女子；幸好，他没有像他的朋友一样，变成一个只为了追求社会地位的人；幸好，他最终说出了那份迟到的爱，让一个受尽家庭负累的女人复活在对未来的希望里。其实，也许"幸好"不过是读者的杞人忧天，于他坚定的自我世界人生观而言，结果一定会是这样。不过，做出选择之后的所有后果，他必须勇敢承担。

看完这本书的几个月之后，在一位朋友的推荐下，看起了一部日本电视剧《约会！恋爱究竟是什么？》，一听剧名，就知道是花痴单身狗的标配了。不过奇妙的是，我居然在一部谈情说爱的电视剧里发现了荧屏版的长井代助——谷口巧——剧中男主角，一个货真价实的啃老宅男。他在大学毕业后的十几年里没有出过一次家门，甚至大部分的时间都蜗居在自家那间堆满书籍、CD、影碟的小阁楼里，他在里头吃饭、睡觉、看书、观影、听歌，没有工作，没有收入，不曾恋爱。房门紧闭，只在墙角一处开了一扇留给来人探望的推拉式小窗口。

你一定要想：天哪，怎么会有这样的人？若是我的身边异类突起冒出这么一个奇葩，怎能让人不疯到崩溃。然而，更让人无语的是，他压根儿不认为自己是一个啃老族，还自豪地标榜自己为不与世俗同流合污的高等游民。

有人说，日本人普遍具有认真、细腻的做事态度，从他们设计的建筑、制作的商品中足以看得出来，而若是把这份认真细致反映到文学作品当中，就是挖掘人性中自身并不明了的真实想法，准确地说出人们不敢承认的隐晦。我想，如果让他们去当心理医生，去看病的病人会被吓得逃出来吧。而书中吸引我的，正是对人物的心理近乎残暴地揭露，而作者却还一副"这有什么"的毫不在意。是啊，难道我们应该去习惯的不是这样毫不掩饰的真实，而是人人戴着面具的虚假吗？

两百多页的文字，果然只是做了个决定而已。

对了，不是要告诉我们《后来的事》吗？可是，后来呢？

我的世界没有黑夜

　　最近很喜欢一个姑娘，重庆人，来我工作的青年旅舍义工旅行一个月，走的时候赚走了我一滴眼泪。记得她刚来不久的时候信誓旦旦地说过"我是不喜欢分别的时候哭哭啼啼的人，也不会每天缠着谁说想念、说不舍，我们都有各自的生活"，好似走了之后就算不舍也要跟我们决绝地一刀两断一般的壮烈。我点头表示赞同，也那么信誓旦旦地决绝，认为与其在继续的嘘寒问暖中淡忘，不如就此暂停交谈，定格这段回忆。可惜，在她转身离开的某个瞬间，我突然有种即将回归的感觉，那种回归安静的预感让我突然间丑着哭脸，不能自已。转身从桌上的纯白木盒里抽出纸巾，擦干眼睛，出门右转，背对着她的背影而去。

　　午饭还没有吃，再不去快餐店就没菜了，生活就是这样，总要继续。

今早，她在微信上发来一张重庆小面的照片，她说虽然面相不好看，但是吃着好吃。一看到那又红又油的面汤，口水下咽不停，那种香辣香辣的味道似乎一下子就出来了。那是我非常爱的重庆小面，更是她爱不释嘴的家乡味道。福建的美食是不能满足这些重口味的妹子的，福建那些盗版的外地美食更是不能满足她们对于家乡的想念。曾经有个兰州的姑娘对我说，福建的兰州拉面那能叫拉面吗？有个河南的姑娘回去后第二天就发来一张她们家附近的胡辣汤。看到那碗重庆小面，知道元气少女真的回家了，真开心。

为什么叫她元气少女呢，她问我。我不假思索：就像那种日本动漫中每天叽叽喳喳、很有活力的女孩啊。她"哦"了一声，显然这个回答不能让她理解和满意。其实，从日本动漫跳转到中国武侠剧来看就很明了了，剧里的江湖人士不是常说什么元气大伤，恢复元气等浓厚江湖气息的话吗，而她就是那种元气满满的女子，可以半秒蹿到树枝上、滑着轻功飞檐走壁，厉害到任何盖世神功都伤不了她，而最了不起的是就算饿到发昏还要路遇不平拔刀相助。当别人都在叹春怀秋、郁郁寡欢的时候，她自得其乐，还不忘一巴掌拍醒你，对一年四季元气尽失的你说"嗨，起来"，对杞人忧天的你说"哎呀，管他的呢"，对受伤委屈的你说"我们不伤心，我们在心里唱歌"。

所以，旅舍里那位千年冰山冷酷小哥也有被她逗得"呵呵"两声的时候，那位表面一派正经其实闷骚的店长也有跟着她一起拿着吉他变成六指琴魔的时候，那位写小说的大叔也因为此女与书中女主大大不符精神发疯一度建议她入院，而我最感谢她愿意陪我去跳广场舞，在路人侧目下忘我扭动。那样发疯的事，那是一个人不敢尝试的挑战。我不敢做的，她敢，我难为情的，她敢。当大家都不愿意去叫醒一个睡懒觉的人，她愿意。她喜欢把自己全身的能量毫不保留地在每一天耗尽，对每一个人友善、耐心，哪怕那个人从来没有对她笑过。

在这个每天充斥着负能量的星球，我会不由自主地向她靠近，也因为有这样一个充满能量的人而欣喜。生而绿叶为绿叶，长而鲜花为鲜花，感谢生命所有赐予的人总是幸福的，只有那些不管拥有什么却总在抱怨的人才会感叹生来就是孤独，并且沉浸其中。而我自觉元气不如她，她可以在面对蛮不讲理的人时故作镇定、真诚，我却哭了；她可以在听到别人莫名的指责时反过来笑脸安抚他人，我只能沉默；她可以用力拉起一个只愿窝在沙发上玩手机的人出去吹风看海，我只会问一句，要不要一起看遍千山万水，不去拉倒。我的能量只够抵御负能量的侵入，而她的能量是可以像冲击波一样把迎面而来的负能量击退到九霄云外。这样乐观向上的姑娘怎能不让人喜欢、不被她感染呢！

若你的身边也有这样一个时而活力四射时而看起来又傻里傻气，愿意不停讨好别人的姑娘，那么所有对她任何请求的拒绝都是伤天害理的。所以一旦她说想干什么，那一定是真诚的，是非常想要实现的。比如一首非常好听的歌不幸被她即兴改成了充满"抠脚"二字的恶心"抠脚歌"，大家也唱了。吉他很烂、打鼓很烂的唱歌自带伴奏，我们也同意活在她的歌声里了。不知道从什么时候养成"酗酒"习惯的她每晚总喜欢买点卤味就点啤酒，也总有人夜半时分跟着她拎啤酒上天台。就算是完全不能陪她一起去自行车环岛的我，在她不停碎碎念的两天里，也愿意不停"添油加醋"，怂恿其他人陪同她。所以无论如何，无论什么请求，只要不过分，就答应了吧。

而大多数时候，她并不只是做自己想做的事独自享乐而已，恰恰是希望多些和大家聚在一起的时间，这点小心机那么善意又那么不刻意，恰到好处。所以她会任性地说，我喜欢你们，所以愿意请你们一起吃东西呀，和你们一起玩啊。是的，她对我们的爱总是那么简单而直接，就像那句怂恿老板请吃大餐屡试不爽的"老板，再爱我一次吧"，从不隐藏或是掩饰。在这个人人都含蓄到尽在不言中的人际关系里，她就像一轮每每都如初升的太阳一样，忘了过往的所有，只在当下散发着她身上所有的光芒。

她要回家了，她终于要回家了，可是尽管不舍，却一点也不可惜所谓的时光荏苒岁月如梭，因为彼此所有的真诚、热情、喜爱都在相处的时间里毫不吝啬地给了对方，没有遗憾。走的时候她要求和大家每人互相拥抱五秒钟，她拥抱着我，我也拥抱着她，我以为抱抱就好了，没想到她真的数着，1、2、3、4——拉长着4不放，最后终于到了5，放下双手，掉头走开，果真一股决绝给人措手不及。她走到三个男生面前，敞开双臂，一个"被逼无奈"、从沙发起来和她拥抱了五秒钟，一个十分害羞地笑着说"不要，别闹"，还有一个面无表情躺尸沙发一动不动，显然这姑娘的热情是要把这些难为情的骚年们逼疯啊！

　　逼疯就逼疯吧，也许每个人的内心都是渴望疯癫的恶魔呢！尽情就尽情吧，也许不敢尽情的人生到最后会是一场遗憾。不要面具就撕掉面具吧，也许演好别人容易做好自己却难上加难。你的美好，无可附加。最后感谢你，给我的人生上了这样青春的一课。

一个默默耕耘的故事家

　　书看到最后一部分，是作者的大事年表。从上至下细细阅读，看到她 16 岁时便已是一家日报社的实习记者，瞬间想起三毛来——五岁开始看《红楼梦》，初中时就在杂志上发表了自己的第一篇小说《惑》。虽然现代青年作家中也有像蒋方舟那样早在儿童时就出书的，但我还是钦慕早些年代的那些充满灵性的女性，她们或是神采飞扬，或是才情满腹，或是孤僻古怪，有的优雅，有的朴素，有的稚嫩，但诉诸笔端的一切情怀却是那么一致，彼此心心相惜时，也不限于年龄。只要是写得好的，初中生和老作家的作品是可以毫无顾忌地放在同一个适合的版面上，相差十几岁的人不仅能成为朋友，还能结成夫妻。

　　再回到这个 16 岁的实习记者，接着往下看，已不大陌生，只是把书中关于岁月的部分抽丝剥茧般罗列出来，作者的生平便一目了然。书名是《英子的乡愁》，之前没有听说过，作者——林海音，看着名字就很亲切，再加上五颜六色的小雏菊绽放的封面，便不假思索地把它从图书馆的书架下取下来了，像得到了一份精致的礼物。也许是最近看多了文绉绉的散文，那些需要静下心来逐字逐句去思索的哲学味道"侵袭"了人不少的脑细胞，林先生笔下平实完整的琐碎故事就像一扇明亮的大窗，放眼望去，一切尽收眼底。我想，这又是一个很会讲故事的人。

书的第一辑——平凡之家与第二辑——英子的乡愁，写的是林先生温馨的六口小家庭以及沉浸在两个故乡之间的家族故事。小至一个书桌，一扇窗户，大至一个人的一生，一个时代的迁徙，都承载着各种动人的故事。平淡的口吻，简单的文字，娓娓道来，像是在听一个家庭主妇分享生活的喜乐与不易，那是与我们这一辈完全不同的生活。她的文字不像三毛那么随性浪漫，喜怒哀乐形于故事中，她自有她的安守本分、稳重成熟。虽也写"鸡毛蒜皮"，但不像舒国治那般情操，单单就"回笼觉"，就能抒发一篇别人难以体会的感慨，她有故事。也不像张晓风，写实和抒情频繁交替，她坚持立文于故事之上。但要说掩卷叹息，觉得还是张晓风略胜一筹。而关于自己所身处的时代，尤其是那个时代下的女性和婚姻，每一个每一段都述说得那么动人。就像那女人的小脚，慢慢解开了缠绕多年的裹脚布，舒展开来。那样神秘甚至是隐秘的一面，她总是带着虔诚，知无不言，让无知的我听来意犹未尽。

书的第三辑——文坛行走，写的是文坛上与她相交为友的大家的故事，故事没有轰轰烈烈、跌宕起伏的情节，离不开的基调还是那些吃茶聊天、逛街捞鱼——一个人最最平凡的生活。可是仅仅只是听她讲讲喝些什么茶，聊的又是什么话，逛街看见了什么人，捞鱼又有什么乐趣，就已经十分有趣。比起那些扣人心弦的情节，我更喜欢这样的故事。那些名人大家经由她的故事而留给我的印象，更加亲切。而正如她们那样一杯茶、一品文、一时光的恬淡日子，对于如今热闹纷繁、灯红酒绿的"多彩"生活来说，多少都是奢侈的幸福了吧。

阅读她的文字让人觉得轻松畅快，像田间劳作，默默耕耘。她把耕耘生活的那份情趣融入文字中，又开垦出了另一方田地。她是龙应台笔下那个慢慢来的孩子，耕耘着三毛笔下那段不必去着急的一生，这份默默，让人欢喜。

台风过境，窗外树木摇摆，灰尘狂舞。小店里坐满了客人，幸好还是留了一处角落给我。头顶是音乐声在飞舞，吧台传来服务员打奶泡的哧哧声，店里的客人们在高谈阔论，不曾静下来过。但是听林先生讲故事，并不碍于周围的喧闹，故事好听，听的人自然是不亦乐乎，早就听不见周围的声音了。况且，林先生的故事和耳边的琐碎不正好是不同时空里相同的存在吗，相信他们的耕耘也自有一番情趣吧。

最后，用一句林先生自己的话来结尾：我们的生活情趣重于物质追求，健康多于病弱，快乐多于忧愁，辛勤多于懒惰。而我从她的文字中所看到的、听到的，确确实实如此。

这个女人不简单

——我家妈妈

每年的妇女节，我都要给我妈拨去一个难为情的电话"妈，今天是妇女节啊，祝你妇女节快乐哈！"然后再听到她十年如一日般因难为情而表现出嫌弃的回答"去去去"。虽然她每年都会接到这样的祝福，但还是不能习惯，总是一副"就你们年轻人爱作怪"的反应。不过，我们的难为情难道不就是因为觉得很像作怪吗？对于一个生活在农村，每天起早贪黑干活的妇女来说，春节是唯一的假期，是唯一一个可以心安理得放下所有工作去休息的日子。所以，什么妇女节、母亲节快乐，去去去，少给我作怪。当然，我们的难为情还因为太爱彼此，一旦把爱说出口，立刻就会鼻子发酸、眼圈发红，简直就像是不能控制的自然反应。

妇女节相比母亲节，在人们的心里有着更加广泛的意思，代表了所有嫁为人妇的女性的节日。可我通常会把妇女节看成另一个母亲节，第一个想起的是妈妈，第一反应是要给妈妈打电话。因为一年中，只有这一天，我看她，不仅是一个母亲，更是一个与我相识已久、关系亲密的女性朋友。想起她，想象她少女时代的样子，想象她嫁人时候的样子，想象她怀孕、生孩子的样子，想象她和丈夫甜蜜生活的样子，想象她努力奋斗的样子。我想象着，好像自己什么都知道一样。我常常自豪地觉得，这个女人不得了，乐观、幽默、吃苦、耐劳、勇敢、坚持，足以作为我的人生榜样之一。

而作为与她相识多年的女儿，我除了长得像她之外，此女身上许多良好的品质、技能、运气，我都没能遗传，起码暂时是这样。她的生活简单而圆满地归结为爱情、家庭、小事业以及其他，一个爱她的丈夫、三个善良的孩子、从事做鱼丸几十年、聊不完的八卦。我在手机通讯录里备注她为"英姐"，对外称她是"我家的鱼丸西施"。就说爱情和事业吧，我一样也不如她，连我爸爸都曾经对我摇头叹息道："看看你妈妈。"什么叫爱情事业两丰收，尽在我爸的一句话里。承认吧，我忌妒得发狂。

首先来说说此女幸福的爱情，这里就不得不重点说到她的丈夫。我们家的家务可以分为两类，一类是洗衣做饭烧菜，归我妈负责，另一类是其他所有，包括卫生，全归我爸。啧啧啧~他们的感情很好，印象中只有在我小的时候吵过两次架，之后都遵守着模范夫妻的道德标准：守望相助。他是一个集温柔和暴躁于一体的好男人，甚至可以毫不留情地说，他越来越暴躁，对很多人很多事都没有耐心，习惯靠"吼"来交流，可是唯独当她疲惫、生病的时候，他脸上盛气没有了，眉头加深了，连动作都轻缓了，那种疼惜又紧张的样子，把一个男人内在最温柔的一面表现得淋漓尽致。

小时候，经常看到她胃痛、肚子痛，那时也不知道怎么办，只是站在一旁看他用手轻轻地慢慢地帮她一次又一次揉，那双手又黑又粗糙，可是看起来好温柔。有时，医生来过家里，药也吃了，她还是痛，而他就一个人坐在阴暗的客厅的长椅上，低着头，非常无奈。看到我们，稍稍抬了头，又低下去，像对我们又像是自言自语地说："妈妈肚子痛，怎么办呐。"那时，我不知道他为什么那么担心，好像遇到什么难以克服的困难，只是他当时非常苦恼无助的样子，一直印在我心里。不知时间过了多少年，他还是一样，在她不舒服的时候坐在床沿，一只手撑着床，一只手轻轻地帮她揉着肚子。不一样的是，曾经站在一旁的小孩长大了，发现了这画面有多么美好，默默走开。

对于一个家庭来说，丈夫最应该关心的人是他的妻子，妻子最应该关心的人是她的丈夫，而不是子女，我这样认为。曾经我也有过一丝疑惑，觉得父母不像别人的父母一样，对孩子的关心面面俱到，甚至基本不过问我们学习上的事。现在明白，子女会离家，也许一年回家不过一次，而永远陪伴在身边的那个人才是最值得你全力支持的。我很愿意，让他们彼此成为自己最重要的人，他们就是这样。

再来说说此女的事业，连续30年在小渔村从事鱼丸一行，简直逆天。她曾经以己为例教育子女，说自己 11 岁就开始挑着鱼丸到附近村子四处叫卖，而 11 岁的我们在干嘛？相比之下，难以挂齿。听到这个故事之后，我便决定，家有此励志女，何须再看名人传。凭着绝佳的手艺，她做的鱼丸受到乡亲们的喜爱，并且名扬方圆几百里的村子，那是我最最怀念的家味，甚至是乡味。如今，她的小事业早已"如日中天"，我爸也因为体质弱不再出海捕鱼，早就成为她唯一的合伙、员工兼除技术以外的顾问。这对夫妻，每天在一起的时间几乎等于 24 小时。

所以，逢年过节，别人家的孩子回家有爸疼有妈爱，有肉吃有觉睡，我们是放下行李开始刮鱼肉，到饭点了自己解决。她的眼睛似乎只正眼看过鱼，我换了发型她都没看出来，他更甚，看都不看，只求其他人别挡住他忙碌的脚步，否则别怪他河东狮吼。除夕年夜饭桌上，永远少不了一大碗最丰盛的煮粉干，永远吃不上自家的鱼丸。就在我们吃着从其他商店买来的冰冻墨鱼丸的时候，还不时有人上门来买鱼丸，然后留下一句"怎么不多做一点啊"离开。若是再多做一点，恐怕仅有的几小时睡觉时间也不要了。鱼丸西施的生意，就是这么好。

记得在微博上看过一个提问：这么多年来，你一直坚持的一件事是什么？我瞬间无言以对，一直以为自己在坚持着很多事，可若是要说始终坚持着的一件事，我竟说不出来，很失落。转而又想到她，一直兢兢业业、坚持不懈地早起、做着繁复的工作，尤其是过年那些天，累到一停下来就会睡着，但她从来没有抱怨过。当然，这世上的人们原本各有辛苦，自不必言说太多，我要说的是其中励志、动人的故事。虽然她只是一个普通农村妇女，但在我心里，她平凡而幸福、简单而丰富。把一件事做到极致，便是伟大，她就是这样。

春节回家，又领略着他那"震耳欲聋式"的交流方式，我说："爸，你声音这么大会让人觉得你很凶，我看也只有我妈可以忍受并且原谅你吧。"他很不好意思地笑了。过了一会儿，她突然问我怎么还不找男朋友，我终于拿出早就准备好的台词，说："妈，我没有你那么好的运气，找到这么好的男人。"她笑着反驳道："那你刚刚不是还说你爸凶吗？"我说："所以你们，守望相助啊。"虽然机智逃过一劫，但所言句句属实。

农村妇女的妇女节没有放假、没有鲜花、没有聚会，小商店里的姨妈巾也没有打折。但我还是要在她并不在意的妇女节这一天，像个作怪的小孩，对她说：妈妈，今天是妇女节啊，祝你妇女节快乐哈！

再祝所有的母亲，妇女节快乐！

孩子们啊，不闹腾的时候就该长大了

看完一本马克吐温的《汤姆索亚历险记》，译文十分流畅，文字里小小的严谨轻轻地撑起了一个天马行空、无拘无束的童年。虽然此历险记非《鲁滨孙漂流记》或是《老人与海》斗争那般神奇惊险，但若是作为一部童年记趣，那些经历的惊险足以超越不知多少人的童年。而不管多么危险刺激的事情，在大人看来似乎只能是永远都要摇着头皱着眉骂个不停的调皮，而在孩子看来，简直是有趣极了、棒极了，只是听过之后就能感受到身临其境的兴奋和喜悦。译者转述作者的想法，说原本这本书已经写到了汤姆成年后的事情，但最后还是决定就此打住，否则就要变味了。是的，孩子啊，不闹腾的时候就长大了，变味是在所难免的事。

小说里的主人公汤姆，在作者的笔下，甚至比现实中大多数的孩子都要调皮捣蛋，也更懂得亲人之间的爱。他在童年便失去父母，是一个寄养在阿姨家的孤儿，在这个叫圣彼得堡的小镇里，是家喻户晓的坏孩子。他和姨妈唱反调，偷懒玩耍，他和校长唱反调，逃课、不背圣经。当许多孩子都在父母和学校的教育下遵规守矩时，他叫来两个一样不守规矩的朋友划走海边的船想去当海盗。他第一次见到喜欢的小女孩时就大胆地牵她的手，甚至私定终身。在无聊的日子里，他突发奇想要学着电视里看的书里写的那般去寻找宝藏，当一个比海盗还要刺激的强盗。他总是说做就做，没有任何顾虑，甚至没有任何准备，而他的聪明和勇敢在这些奇妙想法的指引下，使他散发出比大人们还要强大的能量。那股不懂世事的叛逆又认真的劲头，让人啼笑皆非，那些奇思妙想之后的冒险经历也十分滑稽有趣。

想起了一段时间经常来我们旅舍闹腾的孩子们，那横冲直撞无所畏惧的机灵与诚恳善良的天真和小说里的汤姆竟有几分相似，虽然他们的经历没有像汤姆一样那么惊险丰富。若是现实生活中也有像汤姆这样的孩子王带头，我保证他们也会像哈克一样听命于他，跟随其后大冒险。不过，那些明明是多么让人羡慕的无拘无束，怎么一旦展现在成年人的面前，就变成了让人伤脑筋的噩梦了呢！那么多人都愿意在时光倒流的假设下选择回到童年，可是却无法和眼前他人的童年共处一室。

要说起和这些孩子们的初次相识，不过就在一个月之前。某个晚上和住在旅舍里的一个女生去海边散步，回来的时候经过附近一家旅舍，那个姑娘说这家旅舍看起来很漂亮，想要进去看看。我们走进院子，看到院子里的秋千上坐着三个穿着轮滑鞋的小孩，两个胖胖的小妞，一个相比之下瘦小的男孩。她继续走向前台，我因为之前进去看过了便转身和三个小朋友打起了招呼。

"你们怎么这么晚了还不回家啊？"我随口一问。

三个小朋友怯生生地不敢回答，接着其中一个小妞小声地说："我们还要在这里玩。"

"你们每天都到这里来滑轮滑吗？"

"对啊。"另一个脸一样圆嘟嘟的小妞和小男孩这会儿也跟着一起回答我。

看着旅舍这小小的院子，哪里够他们滑的，我估摸着他们一定是惦记这家院子里的木秋千。可怜这秋千，这三个小孩儿加在一起可不轻啊，简直要摇摇欲坠了。

我原本就很少和这附近的小孩打招呼，这会儿有些兴奋起来，顺便邀请道："你们也可以到我们家去玩啊，就在前面。"

坐在中间第一次答我话的小妞谨慎着脸说："妈妈说不要和陌生人说话。"

我差点没笑出来，憋着一副和他们一样认真的样子说："那现在我们已经说过话了，就不是陌生人啦。"

他们似乎一下就被我"骗"了，问我："那你叫什么名字。"

"我叫阿秋。"我说。

这时那个姑娘已经从前台出来，我们一起走出院子大门。接着那三个小孩就齐刷刷地从秋千里站起来，滑出来，跟在我们后面。到了旅舍，老板一看这阵势，什么情况，出去的时候两个人，回来的时候一群人。虽然只有三个小孩，但其中两个小妞可以说一人顶俩了。看起来确实有些队伍庞大。不过，没几天，真的引来了一群。

过了几天，两个小妞又滑着轮滑来了。我问："那个弟弟呢。"她们说可能还在家里，然后就咻地出去了。回来的时候果然把弟弟带来了，一进门就说："你看，把你想念的弟弟带来了。"她们仨人又是齐刷刷地在我们大厅的长沙发上一溜儿坐下。我走过去，那个弟弟几乎是面无表情，甚至看起来有些生气，低着头说："她们说你想我了。"我突然不知道说什么，也许从我的表情来看，压根儿就没有想念的样子，所以他觉得我在骗人，令我瞬间尴尬。可是，我那句"弟弟呢"只是随便一问，哪里有什么想念，要是见过一次就想念，那这个"想"可就泛滥到哪里去了，真正的像天马行空了。后来，那个弟弟就完全不理我了，黑着一张脸，在院子大厅来来去去。我突然想到后面的院子刚好也有一个木秋千，这下子完了。

之后，一到周末晚上，他们就来了，有时是五个有时六个。有一次三个小孩突然从大门进来，惊叫着"啊啊啊"就冲进前台来，两个躲到我身后架子后面的小仓库，一个直接就躺到地上，直往我坐着的椅子下面钻，叫着"来了来了"，我问是谁要来了啊，她说是一个非常可怕的大姐姐。我不大明白，也没多理会，自顾自地敲着键盘。不一会儿，三个人又轻轻地走到大门口，头才往外一看，又大叫"啊啊啊"赶紧跑进来，那前台的门被打开又"哐"地撞上不知多少次。我着急着想，这大晚上的，还有客人住着呢，不能让他们这么闹着。再听听架子后面各种袋子被踩得窸窸窣窣响，而屁股下的那小妞要是再往里钻，我脚下的各种网线可就要断了。

虽然心里开始不耐烦，嘴上还是显得心平气和地对他们说："快出去藏，好不好？这里太小啦。"可是她们才不听，反而全聚集到我身后，吵着要看监控，要看看外面那个可怕的大姐姐是不是来了。我想着这也是醉了，居然还知道监控。

"这里没有能看到外面的监控。"我如实说。

一个小妞听了就失望并且嫌弃地说："怎么监控都没有啊。"

"好了好了，前台不准进来躲了哈，快出去吧。"实在没办法了，只能下逐客令了。

不过为了弥补不得不赶人的亏欠，我只好在前台继续指点江山。"快快快，躲到那沙发底下，她肯定找不到。"

那小妞瞬间躺下，然后望着我说："进不去呀。"我也望着她那肥嘟嘟的样子，确实不可能。

当那些小孩都不知道躲哪儿去的时候，一个年纪比他们都大一些的姐姐进来了，四处张望，这才知道原来她就是那个可怕的大姐姐，原来他们在捉迷藏。我还以为真的是一个长得很凶恶的人在吓他们呢。再回头去看看后面的小仓库，惨不忍睹，有些东西我都不知道原先是放哪里了。

中秋节前某个晚上，他们仨人又带了一个小男孩进来，两个男孩直接就跑到柜台前，一个抱走了吉他，一个抱走了非洲鼓，拿着吉他的那个瘦小男孩坐着沙发上，把吉他横着放在腿上，听着那琴音，简直要把弦给挑断，让人心惊。敲鼓的也很陶醉，坐在对面的沙发上自我琢磨着这个玩意儿，而坐在另一处沙发上两个小妞，拿着喝完的啤酒瓶子装着水，又拿了两双一次性筷子就在瓶子上敲了起来。就这两个啤酒瓶已经够她们玩得不亦乐乎，连歌都唱起来了。原本安静的旅舍，安静的客厅，这会儿……一想着客人们会不会下一秒就冲出来投诉，便只觉得她们的音乐声那么刺耳而吵闹，可是又不忍心制止赶人。终于三分热度过后，一个非洲鼓瞬间从柜台下递上来放好，一个吉他也颤悠悠地晃上来，一句"姐姐，帮我拿一下"还没说完，就放了手，我这都没拿稳。而另一张桌子上依然放着两个啤酒瓶，还有两双筷子，等着我都去收拾。

　　等到把东西都收拾好了，一群人又不知从哪里冒出来，一个问："桌上的牌可以玩吗？"我十分乐意地说："可以。"可是没想到，三个男孩一坐到在沙发上，就一阵嘻嘻哈哈笑个不停。我坐在前台对着他们说了无数遍小声一些，可是哪里有人听进去，我只好走过去对着他们一个个非常小声地说："嘘，说话要像我这样。"差点没把自己憋得咳出来。这时一个小孩突然抱住我，另一个举着一张牌大笑着说："要抱住一个异性十秒钟。"我站着不动，又听着他们开始嘻嘻哈哈笑得那么天真无邪，要把人逼疯。那两个小妞这会儿又跑到我的领地，翻翻这个动动那个，问问这是什么那是什么，这可把我惹火了，我有些生气地说："不要翻了，不要看了。"其中一个虽然长得胖嘟嘟但也秀气的小妞说："姐姐你是不是也对我们没有耐心了，像旁边那个旅舍的哥哥一样，他每次都把我们赶走。"我听了便觉得她所说的那位哥哥也太坏了，只好耐心地说："你们知不知道随便动别人的东西是很不礼貌的，如果你们自己做得不对了而让别人不耐烦了，难道还是别人的错吗？"两个人都不说话了，估计一时间也没弄懂这句长句的意思，只是很失落地说："姐姐也不耐烦了。"果然，如果要是小孩子都能想那么多，就不是小孩了。之后，两人如我所愿都乖乖聚到大厅里去了。

那天晚上，他们要回家的时候，那个瘦小的男孩跑过来问我："姐姐，我可以不叫你名字，叫你姐姐吗？"

"可以啊。"我说。这才发觉这个小男孩就算是嘟着脸不笑也很可爱，说话时的语气那么淡定认真，明明都已经叫过无数次"姐姐"了，还要郑重其事地问一次，好像下次再叫就不一样了。

一个小妞突然进来递给我一个月饼，说："我妈妈说明天还会给我买很多月饼。"这是今年中秋节第一次也是唯一一次有人送月饼给我。

"姐姐你多大了？"她又问。

我说："我可比你们都大好多。"

"姐姐会长命百岁的。"

"为什么？"

"妈妈说善良的人是不会老的。"我心里一阵惊讶，又惊喜。这妈妈怎么骗人呢，还这么哲学。

中秋节那天，晚饭后几个小朋友果然又来了，小男孩滑着轮滑到前台来，递给我一串链子，说："姐姐，送给你。"我刚接过链子，还没来得及说话，他又滑走了。其他人也陆续到前台里面滑了一圈，我想分月饼，一个个都不要，又滑走了。怎么回事，本来还想分分礼物骗骗人品的，结果都不给我机会了。

最近，看日期时，自然就会想到快到周末了，这群小朋友会不会来玩呢？不过，每次只要一见到他们进来，我就好似悲喜交加，喜的是有朋友来了，有种被探望的喜悦，悲的是这闹腾的场面，又要我费一番功夫了。但是，想到能和小孩子们交朋友，便觉得是一件让人开心的事。尽管他们那么吵闹又不听话的时候，那么让人生气。可是回头想想，这怎能不是件情有可原的事情呢。这就是大人们不喜欢却又渴望而又回不去的无所顾忌吧。

再回到《汤姆索亚历险记》中，回到汤姆和伙伴们的冒险经历中，也许在大人们看来，他们的行为是多么愚蠢又浪费时间，而在他们的心中，那种隐藏到荒岛上去隐居或是到深林、鬼屋去挖宝藏的经历是何等的伟大而令他们感到自豪。那些让人看起来十分笨拙的傻事也因为他们的天真浪漫，变得温暖而感人。书里写道，"因为他们有这种时间，多得叫他伤脑筋"，让人看了想要哈哈大笑，而他们愿意为了这多余的时间去伤脑筋，折腾点什么，不是也很可爱吗？只是当他们不再伤脑筋而折腾起来的时候，伤脑筋的便是大人了。如果有人非要他们总是一直那么循规蹈矩，那这个大人一定不是一个可爱的人。

在我看来，这部儿童文学似乎更像是童话，是一个在索然无味的现实生活中自我想象而营造出来的世界。它并不像白雪公主或是灰姑娘如此拥有小矮人或是水晶鞋的魔幻故事，却比这些童话故事更加像童话，而不是故事。故事是想象之后而说出来，童话是想象之后就身在其中。所以，当那些孩子随意在别人的院子里荡着秋千嘻哈玩闹时，当他们在无所顾忌玩闹之后不幸被人赶出来时，当他们被人赶出来后还能继续嘻嘻哈哈去别处玩耍时，当他们下次再碰到那些不耐烦的大人还是依然大笑着从他们身边跑过时，这些看起来就很童话，所有言语表情，喜欢讨厌，都真的那么无瑕。汤姆很童话，他的朋友很童话，这些小孩的生活就很童话。因为他们都拥有属于自己的那么美好的天空，虽然他们生活在那么严格的教条管教下或是被包围在那么繁重的课业之中。

作者不忍出版小说的后续，也许是悲观地觉得长大并不是一件好玩的事，多写下去只会破坏了童年的美好，我也为大多数人一旦长大之后就失去发现新事物的好奇和勇气而可惜。小说是不再继续，就停在这样动人的时刻，而孩子们啊，不闹腾的时候就长大了，怎能让人不去小心地保护、贴近这样一颗颗单纯而勇敢的心灵呢！

一生只有一次，正如春天只有一个五月

在日本，有个老头，备受人们喜爱。一副黑框眼镜，花白长胡须，笑起来很可爱，不笑时很认真，完全没有一丝严肃，温文慈祥的样子让无数人忍不住想尊称他一声"宫爷爷"，对的，这个老头就是日本动漫界标志性人物——宫崎骏。2013 年，他在所执导的动漫电影《起风了》上映之后，正式宣布自此隐退，2014 年，宫崎骏被授予奥斯卡终身成就奖。一生执梦，完美谢幕得刚刚好，起风了，他的旅程又开始了。

《起风了》应该是宫崎骏导演的最后一部电影了吧，最后的代表作。影片中的主角堀越二郎是一个拥有飞机设计梦的青年，从小就崇拜着意大利飞机设计师乔瓦尼·巴蒂斯塔·卡普罗尼。他经常在梦中和偶像相会，梦见伟大的卡普罗尼在飞机上向他招手，邀请他来到他所设计的飞机上翱翔天际。然而每次一觉醒来，揉着惺忪睡眼，现实和梦想的差距却让他恍然失措，蓝天草地不见了，青年男女们的笑脸和高呼不见了，卡普罗尼的热情指导和鼓励只能在脑海中回想，美丽的世界不复存在，身处所在的是一个动荡不安的战乱时代。

大学毕业后，二郎来到当时日本军用主力公司三菱重工的航空研究所工作，正式成为一名飞机设计师。在一次从家中返回研究所的火车上，二郎邂逅了美丽的日本女孩里见菜穗子。一阵风吹来，吹走他的帽子，她机灵伸手抓住了帽子，并闪着一双灵动的大眼睛用法语对他说"起风了"，他满眼惊喜，同样用法语回答"唯有努力生存"，那是法国诗人保尔·瓦雷里的诗歌《海滨墓园》中的句子。火车还未到站，大地震突如其来，车上的人们四处逃散，房屋建筑被震倒烧毁，许多人无家可归。"起风了，唯有努力生存"，此刻告别以为还会再见的两人，从此失去了联系。

多年之后，他们意外相遇，菜穗子一眼就认出眼前的男子就是当年的少年，而二郎却没有认出她来。那时的他已是一名优秀的飞机设计师，并且依然热爱如初，追逐着飞翔的梦想，而她却患上了严重的肺结核。菜穗子在他们再次相遇的山坡小路上的小河边默默祈祷，希望河水把他带到她的身边来，她要把一切都告诉他。河水不停流淌，她的身后传来了脚步声。

不安的局势并不能让他分心，上级领导的厉声催促反而更加显出他的冷静淡定，就连菜穗子病重，他慌忙拎起公文包上火车，在火车上继续计算测量数据，泪水模糊了双眼，滴在图纸上。短暂相聚探望，又连夜赶回公司工作。他视工作如生命，又因不能兼顾爱人而愧疚痛苦，菜穗子为恐以后不能与他长久相伴，偷偷跑出医院，一个人搭上火车来到他的身边。时光有限，唯有陪伴，直到他制作出心中最美丽的飞机。

《起风了》相比宫崎骏之前制作的电影，在我看来，在故事的发展上逊色了许多。少了天马行空的幻想，也少有出其不意的转折，故事就这样缓缓流淌，很安静，却并不能立刻吸引观众。对于一个看过多部宫崎骏经典电影的观众来说，《起风了》还未播到一半，我已经开始昏昏欲睡，觉得这部电影完全不能与《千与千寻》、《天空之城》等相比，甚至疑惑宫爷爷的这部作品在自砸招牌。在电影上映后的很长一段时间里，我甚至没有完整地把它看一遍。同时也因此一直不能容忍自己居然看不下去宫崎骏的电影，居然不能共鸣宫爷爷所要表达的思想。

终于某一天，突然想要重温宫崎骏的电影，便再次翻出这部影片，下定决心无论如何要好好地看下去。这一次，影片结束后，我的眼角挂着泪水，我好像知道了些什么。这就是一部平淡无奇的电影，就是一部会让人不小心就失去兴趣的电影。没有惊心动魄，没有意外惊喜，执梦而行的人生是日复一日而孤独的，没有怪力乱神，没有捷径奇迹，就像一条安静向前流淌的河。他曾在那么多无关飞翔的电影里让人物从天而降或是空中战斗，而在这部紧紧关乎飞翔的电影里，堀越二郎却起飞得那么艰难。一个人能把自己的热爱专研到骨子里，把自己的热情毫不保留地倾尽在永远同一的热爱上，这样忘我地追逐，让人动容。

　　《起风了》是由作家堀辰雄的同名漫画小说改编而来，漫画则是编自真实的人物故事。宫崎骏在以电影向梦想实践家堀越二郎和堀辰雄致敬的同时，似乎也在一笔一画讲述自己不断飞行的故事，从中找到了共鸣。而《起风了》，亦是他的隐退飞行。这个老头，曾在影片中给无数观众带来欢乐和温暖，这次似乎有意"自私"，要把影片献给自己，以及那些一样孤独追寻的人们。因为，在起风的时候，他也在试着努力生存。

　　"一生只有一次，正如春天只有一个五月"，这是《起风了》影片当中的一句歌词，也是最打动我的一句。一生只有一次，我们没有多余的时间可以虚度，唯有想把所有的激情岁月都献给心中满满的热爱，并爱到极致。堀越二郎如此，宫崎骏亦是如此。在不能明白的外人看来，这个人一辈子只专注一件事，实在乏味，而在梦想家自己的世界里，已然经历了不知多少的艰难困苦，甚至伤痕累累，但很珍惜。

　　"一生一次，不再复有，兴许只是一片空想。一生只有一次，到了明日就会错过。一生只有一次，正如春天只有一个五月"，跟随钢琴音乐声，在餐厅里用餐的客人们纷纷高声唱起，那么积极乐观，对未来充满了希望。风依然在吹，仍未止息；爱依然握住，仍未放手；梦依然继续，仍未放弃。

晚安，愿你今夜无梦

已经忘记和她认识多久了，不过见过一次而已，而那也已经是三年前的事了。

那天，我和一个朋友在旅途中路过她的家乡，便相约见上一面，留宿一晚。汽车在县城停下，她开着车带我们一起回家，一路上给我们介绍公路两旁的景色，还停下来让我们拍照。

大大的院子，几棵树笔直站立，空空荡荡。她从厨房出来，端上来三个大大的桃子，我和朋友一人一个，她拿着剩下的那一个，用小刀削成小块，丢给她家养的一只金毛，一只非常温顺听话的大狗。她很高，高出我一个头还不止，却很容易羞涩。我们说说笑笑，那么开心，全然忘记了她正身处在怎样无可奈何的处境里。

第一次听到她的故事是什么时候呢，恐怕还要再往前倒回两年吧。隔着电脑屏幕，看着聊天窗口里的文字，心疼得忍不住哭了起来。

那时的她生活在一个看似圆满其实破碎的家庭里。父母离婚，彼此生活在县城两个不同的地方，没有交集。她和妹妹跟着爸爸住在原来的家里，只是偶尔有空去看看妈妈。而导致家庭破碎的原因是一个女人的插足，这个女人继而成为她的继母，并且和她的爸爸生有一女，一个同父异母的妹妹。她恨这个女人，也不欢迎这个妹妹的到来，然而在这个重男轻女的家族里，她没有恨的权利，也不愿让父亲为难，而妹妹，又有什么错呢。她的不满，只会遭到谩骂。

作为家里的长女，她有的只是责任，满满的责任。毕业后不能选择自己喜欢的工作，而要在父亲的木雕店里帮忙。到了结婚的年纪，也不能选择自己喜欢的人，只有父亲觉得合适并且愿意入赘到家里的男孩才是标准的对象。她没有选择，家里最需要她做出的选择便是她的归宿。她生而为自己，却不能成为自己。

我问她，为什么不反抗，对方是父亲又如何，没有人可以接受这样不公的对待。

她说，她尊重父亲，也理解他支撑整个家庭的不易，她不愿意让他生气，让他觉得她不懂事。

她试着到父亲的店里上班，每天绘制无数张图纸，试着和继母友好相处，亲如一家，试着和家人介绍的对象恋爱，也许结婚也并非一件难事呢。她真的希望，或许就这样习惯原本并不喜欢的一切，就再也没有纷争。可是，战火真的就能平息吗？她的委曲求全并没有得到别人的善待，而是变本加厉的要求。想要的工作没了，喜欢的人走了，她想要好好爱护的家却没有让她觉得温暖。

她说，她羡慕别人，有温暖的家。

……

该怎样生活下去呢，那时的她这样问我。

而那时我是怎样回答的，已然忘记，只记得那是一段又一段的打气鼓励，拼命想撑住这个即将倒下的姑娘。她的生活非常疲惫，我能感觉到，如此处境虽不能完全感同身受，听过之后却难过到痛哭。可我总是天真乐观地认为，没有永远铁石心肠的人，没有永远过不去的坎，一定要继续努力，也许坚冰就融化了呢，也许困难就克服了呢，总之一定不能放弃。

之后，我们并不时常联系，只是在很长的一段时间里，偶尔在QQ、微博里看到她的消息。

有一次，她说父亲终于同意她去找自己喜欢的工作了。我很高兴。

又有一次，她说自己正在恋爱中，对方是自己喜欢的人。我很兴奋。

还有一次，她问我，厦门三日游可以去哪些景点。我激动得要跳起来。

看到她一次一次的改变，我知道她作出怎样的努力和牺牲，也为她朝着自己喜欢的生活前进而高兴。虽然家里还是时有反对，虽然长久战还在进行中，但她能够积极面对，并且有一些些的成效，对她来说，已经是恩赐了。我一直以为，在没有联系的这么长的时间里，她过得还好，至少不会太差。

直到今天看到她写的文章——她已经有好几年没有发表过

了——难过极了。我急忙点开看，文章不长，可是一字一句都是无奈、无奈，还是无奈，我甚至看不到她的埋怨，她的哭泣，只剩苍白的叹息。正如她所写，不断的埋怨、怀疑，让她变成了曾经最讨厌的样子。她不愿这样，她多么希望自己还能拥有那么一点点不妥协的勇气。

每天家里和店里两点一线，老老实实虚伪地生活着。经不住家里人的催促和一个不喜欢的人交往，还要假装喜欢。爷爷奶奶生病了，她带着俩老人奔波各个城市看病，可还是被脾气不好的爷爷当着众人的面指责什么地方做得不当。工作生活忙个不停，可是父亲和继母还是个个不放心，抓着她追问不断。生活已是过得小心翼翼，只是偶尔不顺从，便是劈头盖脸的吼骂。若是抱怨一句，便是不懂事、没良心，把家人看得那么重要的她怎么能承受这样的误解。若是真的不懂事没有良心，她何必选择这样的生活，还希望着也许会变好。

她说，她羡慕别人，不用小心翼翼地活着。

眼泪又不争气地跑出来，不是因为她的家庭、她的生活、她的苦痛，而是突然发现，原来这么些年过去了，一切居然都没有改变。怎么会这样？为什么还是这样？为什么？她所承担的早已超出了她所能负荷的重量，可是她所爱的亲人为什么不肯给她一点宽容，到底是怎样的捆绑，要逼迫一个真诚善良的人变成一个戴着面具生活的魔鬼，而她分明那么努力、坚持了这么久，为什么生活不肯给她一点点回报。

她说，终究还是把生活过成最不想要的样子。

亲爱的，请不要把"终究"随意放在这里好吗？请不要就此把这里看成是终点。

她说，我竟然变成了自己讨厌的样子。

拜托你，请不要用"竟然"来总结你自己，难道你甘心就此留下连自己都讨厌的样子吗？

你可以放弃让自己犹如行尸走肉的生活，但请千万不要放弃自己。人与人，不分尊卑，不分老幼，本应当彼此尊重。所有的枷锁，没有谁可以随意给谁戴上，没有谁因为反抗，就是大逆不道。那限制自由的枷锁，为什么不用力挣脱开呢！你是自己的，原本就孤独的你自己。

祈求神明开恩，给这个善良的姑娘开一扇窗吧。密不透风的暗室会把人逼到绝境，况且她已是撞破了身心。开扇窗吧，不管是狼狈地逃出去也好，稍稍缓口气也罢，请不要让这一束美好的光亮熄灭。

祈祷上帝护佑，许这个善良的姑娘夜夜晚安吧，就算她犯了什么严重的错误，也该被原谅了吧。是被逼迫被不解被忽略，让她变得不像自己。请不要让一朵花迷失在荒凉的土地上。

枯竭的心呐，愿你找回色彩，不安的心呐，愿你能够晚安，孤独的心呐，别忘有我，在你身边。

晚安，愿今夜无梦。

想把我唱给你听

　　某个周五晚上去听了一场小型的民谣音乐会，地点在一家被称为是福州豆瓣文艺青年聚集地的咖啡馆——老友记。这家咖啡馆非常小，蜗居在一家宾馆的三楼，它甚至不能叫"馆"，更像是街边随意一处角落，丰富的角落。今晚要唱歌的歌手叫卫钧，第一次听说，完全不认识。小小的场地，摆满了椅子，可是来听歌的人还是挤不满这个小小的屋子。

　　进门时，我和朋友一人取了一张预定好的门票，提前到达的另一个朋友从里头昏暗的灯光里走出来接应我们，这时时间已过了八点，可是音乐会并没有按照宣传写的八点如时开始。与我一起来的是单位的同事，虽然是被我诱惑而来，却比我还要兴奋，拿着门票看得十分认真，然后转头陶醉一般对我说："写得真美。"我好奇地扫了一眼门票上的文字，一贯浓浓的文艺气息，感觉很美，又说不出美在哪里。她又兴奋地四周张望："歌手在哪里？怎么没看到。"因为人很少，不好意思在歌手的眼皮下指给她看，我只好扭了一下头，示意她说："那呢，在你的十一点钟方向。"她思考了一下："十一点钟方向——不是吧，看着不像啊，这上面的照片这么年轻。"我不知道怎么回答，胡乱说："哎呀，这是小青年时的照片嘛，人家流浪了这么多年，难免要沧桑成熟些啊。"实话说，若不是一旁的朋友非常确定地告诉我，我也不相信舞台旁半躺在椅子上的大叔是门票上的侧面帅气的小伙子。

等到八点半，他终于拿起吉他坐到舞台上的高脚凳上，台下还是那些人，不知道是否有比来时多了一两个呢。我想，此时从他的角度望下来，会不会有些尴尬，虽然场地是不大，但人数还是寥寥无几。可转念一想，突然又觉得应该尴尬的是我们这些观众吧，怎么可以来得如此之少，似乎无意间怠慢了眼前这位远道而来的客人。

简单的自我介绍之后，他开始介绍今晚的第一首歌：这是一首写从大理古城去往洱海的路上……听到"大理"二字时我惊得坐直了身体，一种时光正在倒回之感袭来。伸长脖子，竖起耳朵，迫切地想要从他的口里听到关于大理的一些只言片语，好像在偷听一个已经分手了的恋人的消息，不动声色。就因为他唱的是大理，而且是今晚的第一首歌，我庆幸自己来了，才没有错过上天安排的缘分。

"相信在座的都去过大理吧。"他说。

"是！"在场的观众当中一个激动的声音回应道。

"大理这个地方呢……"他慢慢悠悠地讲起这首歌和大理的故事，

如日常的琐碎，并没有什么跌宕起伏。听得出，他并不算一个很会讲故事的人，所有的言语不过平铺陈设，不懂修饰点缀，就像是说给自己听的记忆往事。在昏黄的灯光下，很容易的，他就醉过去了。

我认真地听完了歌，可是奇怪的是，歌词到底唱的是什么，我竟一点也听不清，但似乎又听懂了。从古城到洱海那一段公路上的风景，在他的歌词里那么零碎直白，不用押韵，不用过多形容，就连主歌和副歌都没有明显的界线。我在想：这哥们儿，写的是歌吗？

"这首歌是在浙江金华的一家客栈写的，当时在那里演出，唱了一首自己写的摇滚歌曲，那个老板非常喜欢，他说也要学会所有的歌，像我一样去巡演……"故事继续，音乐渐起，那言语中不知不觉荡漾起的回忆细节，让他不由自主自顾自地"呵呵"笑了起来。随着前奏渐弱，他闭上眼睛，依然把刚刚说的故事几乎一字一句变成歌唱了出来。我惊讶于他写歌的方式，那么特立独行，一点也不含蓄，故事就是歌词，歌词就是故事。听来一丝慵懒调皮，又纯真、可爱。像极了一首三毛作词，齐豫演唱的歌——《七点钟》—— 一段青涩的初恋故事。

今生就是那么地开始的

走过操场的青草地走到你的面前

不能说一句话

拿起钢笔在你的掌心写下七个数字

点一个头然后狂奔而去

守住电话就守住度日如年的狂盼

铃声响的时候自己的声音那么急迫

是我是我是我是我是我是我

七点钟你说七点钟

好好好我一定早点到

啊明明站在你的面前

还是害怕这是一场梦

……

那时的画面，那时的心情，在歌词里淋漓呈现，竟没有一丝隐瞒。故事讲完，音乐响起，方才发现，一段已经很美了的故事，真的只要一点音乐就够了。不用婉转，不用押韵，不用朗朗上口不断重复的副歌，只要把我想说的，如实告诉给你听，就够了。

能毫不掩饰的和陌生人分享自己的故事，不仅仅需要勇气，还要拥有爱的力量。也许倾听者只是一听而过，并不在意，但是对于讲故事的人来说，在把这份美丽分享出去之前，有时可能会纠结万分吧。

故事、吉他、歌曲依然整齐排列，依次登场，这些歌只能是他唱，只能在这样的场合下，只能对着想听故事的人，它流行不起来，别人学不来，更唱不出来。所以他的名，如他的歌，不会被太多人知晓并记住，正如自由的鸟，不给人仔细欣赏它独特的羽毛。他以巡演的方式去到不同的地方旅行，又以写歌的方式记录下自己的旅行，去的地方越来越多，写出的故事自然也越来越多。想着想着，不禁对他欣羡起来。

店员把多余的灯都关了，只留下小舞台顶上的一盏，照在他的身上。听着他静静地述说，我开始昏昏欲睡，像被催眠了一般，真想躺倒在旁边的沙发上就着音乐睡下去。我想，如果真的可以找个地方躺下睡一觉，应该会做一个关于飞翔的梦吧。因为此刻的我已经觉得灵魂正在飘进那夜里的歌，而身体更显轻盈，仿佛没有了重量。

演出结束，他站起来向我们九十度鞠躬致谢，我也想站起来，还他一个九十度谢意，可是环顾四周看到其他观众都坐着，便只是稍稍欠了欠身。其实，我们真应该全体起立，报还他以同样的九十度。其实不仅是对这样一个普通的民谣歌手，对于万物的馈赠，都值得人们去诚挚地感恩。

走出咖啡馆，我们在安静的街道上叽叽喳喳查看回去的公交车，仿佛从来没见过这个人一般，瞬间记不得他的名字、他的样子、他的歌，唯独那些故事，已经被我们记在了心里。那些故事里有一个因为爱音乐而去开咖啡店的老板、一个叫 93 的服务员女孩、一个破旧却美丽叫景德镇的地方，还有几天慵懒而平静的福州时光……

第二章

随风而去，阳光正好

随风而去，阳光正好

旅行时，我一点也不担心行李会丢失，因为护照、身份证、钱包、手机等都在随身背包里，拉杆箱里的衣物不贵而重，就算丢掉也无所谓。我总是想，行李就这样，安全就好，丢了正好。

我有一个小手机，从大二开始用，到现在已经五年多了，还有一个电话卡，从大一开始用，到现在已经六年多。一百多块钱的手机，能走到今天实在是功德无量了，而那电话卡里几百个联系人，真正需要联系的也许不过十人，若是哪天不幸丢掉了手机，我也会安慰自己：省得我去删那些不必要的信息，正好。

很多东西，我们知道不会用到，却总是舍不得丢掉。一件衣服、一件首饰、一个电话、一条信息，还有一段感情，我们会花很长时间去犹豫它的来去，却不能狠下心来整理。只有当实在没有空间了，才吝啬地腾出一点来，那左右为难的表情，真是让人揪心。

而我就是想知道，有些你以为也许不能没有的东西，突然没有了，会怎样呢？所以在电话卡一下子欠下两百多的时候，我的想法就和上文一样：正好！既没有乖乖去缴费，也没有急着去换一张，当周围的人都在着急的时候，我的惰性使然：先这样吧。因为我早就知道，不会怎样。但经过这次之后，我才知道，自己是不会怎样，但还有别人呢。

　　妈妈听说我没有电话卡，带着无法相信的语气说："怎么会没有电话卡呢，难道都不要打电话了吗？"表哥听说要找我还得跟我妹妹预约，发来消息说：你已经不适合在地球生活了。而我妹，是从头至尾，从催促买卡到对我无语，一点一点直到彻底破坏我的计划。因为她说："你为什么要让别人这么困难呢！"击中了我，无言以对。原本还想了一些类似"人家古代的人不也没电话吗，不是也好好的"来应对各种不解，坚持了半个多月，最终还是乖乖买了卡，因为古人可以快马加鞭、可以飞鸽传书啊，我怎么可以自私地平白无故给他人制造麻烦。总之，旧去新来，也正好。

　　当然，我的想法大概没有几个人会认同，在这个大多数人没有手机整个人都会不好的时代。而每一种想法同样因人而异，尤其是那些每天通讯录翻不停、电话接不停的人，当然是要保护好自己的信息啦。而人的脑袋像电脑一样，每天会浏览到很多信息，但所看并非全部所需，如果我们懒得去清扫垃圾，总有一天会像电脑一样，空间不足、卡机、死机、关机，最后灵魂和身体闹掰，非还原不可。可是，对于电脑，我是既担心走到还原那一步，又享受还原的那一刻，而对于人，宁愿不停清理，也不愿还原到呱呱坠地。如果生命可以重来一次，我希望留到下辈子。此时此刻，正好！

有一天，当你发现一样珍藏了很久的东西突然消失，一件不穿但很贵的衣服、一封不知道如何回复的信、一件生了锈还舍不得丢的礼物、一个很爱但已经告别的人……也许可以咽下忧伤，潇洒地来一句：正好！

大大的世界，我只当小人一个

　　白天时候，独自捧着书在一间无窗、还未营业的小店里，借着后门射进来的一点光线看得起劲。有人从小门进来接水，转身准备走时才看到站在角落的我，"咦，你在这里。"他说。我继续在书上停留一秒才抬头看他，黑黑的廓落，我说："别吓我。"因为脑子里的我正跟着书里的侦探在查找凶手。

　　等他穿过小门走出，我突然有些窃喜。窃喜自己因为被忽略、被遗忘，得以在一个小角落里自由自在。如果再往思想里加点魔法色彩，沉浸在书中的我将会变成一个隐形人，不小心撞见我的人将只能看到一本翻开的书浮在空中，他或瞪大着眼睛慢慢靠近，或被吓得魂飞魄散，谁知道呢？这场景大概只能出现在像哈利波特这样的魔幻电影中，而在现实生活中，当然不会有隐形人，不过至少可以当一个小人吧。小小的人儿，既能浓缩进一部几十万字的小说里，又能跳跃于一个变化万千的世界中。

再次低头找到刚刚断了的线索，再次缩小，再缩小，直到整个身体都躲进书里去。最好谁都不要看到我，看到了也要装作视而不见，就放任我在那里，仿佛不存在，又真实存在。当我发现自己拥有广阔空间又能独享一隅，简直是再美不过的体验。门前、窗边、公交站、电线杆下，只要给我一个倚靠的地方，再热闹的周围，我也能假装安静，一晌贪欢。

不过，这样虚无到恰好的时刻总要过去，不能享受太多。我也要被看见，被欣赏，被赞美，被怀疑，被不解，被嘲笑，被揭发。因为有无处不在的眼光，无处不在的判断，无处不在的一厢情愿，无处不在的恶言相对。甚至大多数时间，大多数人，都只能在无数个对方的眼皮之间穿梭，仿佛赤身裸体，被看得精光。内心不能坚强的人，要么自己遍体鳞伤，要么和对方两败俱伤，总之是不容易获胜的。试图在人群中躲藏起来，固定的进口和出口，固定的交谈对象，固定的说话方式和内容，固定的日常行事，额外再多一些的增加和变化，已无力接受和回应。这不是悲观，而是自然而然形成的另一种生活方式，或者说是隐藏在方正生活里的一个圆圆的小滑头。

俗话说：林子大了，什么鸟都有。我却想这样庆幸一句：幸好鸟儿多了，什么林子都有。所以我才不管你你你你你都是什么鸟，我只管飞到我喜欢的林子里去。

一个朋友某天发来消息说她想要过隐居的生活，我发了个偷笑的表情给她。没有赞赏也不加赞同，因为我想，若是想要隐居，未必不能实现，若是因为当下复杂的人际而想要逃离，我更想鼓励你微笑面对。在这个多样的时代中，有人试图放大自己让越来越多的人看到他，有人却只想隐藏在一个别人看不到的角落，孤芳自赏。而大部分不得不生活在充气胖子之间的小人物，因为不能变大又不愿变小，既冲不破，又看不到自己，是最悲剧的牺牲。我们不能为了躲避谁就盲目地四处乱飞，就算是在最慌乱、无助、不安的时刻，也不能忘记自己要寻找的方向。

　　尽管现在的她对周遭充满了不解和无奈，但我非常相信，在这个大大的世界里，她所渴望的小角色必定会很精彩。她说：我发现那些身居高层收入颇丰的人真的要承受他人难以想象的压力，我还是喜欢安安静静、简简单单的生活。我能想象她说前半句话时的愁容满面，以及后半句话时的神采飞扬。我想，她的翅膀自有方向，她的内心就有风景，就像小娟＆山谷里的居民唱的歌："我的窗外有一片蓝天，天空中有时是白云一片，我喜欢那鸟儿飞来飞去，红屋绿木印在夕阳中……"

　　"小小的就很美好"，好多文艺书都喜欢陶醉在这句话里，好像写作者正在用一只大拇指和食指轻轻捏着一个什么可爱的小玩意儿，细细盯着它，笑得满脸纯真。记得在泰国的时候，有个学生很害羞地打趣我说："老师手机也小小的，电脑也小小的，字也小小的，人也小小的，哎哟，什么都是小小的。"哈哈，逗得我既害羞又大笑起来。小小的就很美好，多余剩下的就很美好，半路拾荒的就很美好，边边角角的就很美好。

眼前的天空是灰的，房子是旧的，道路是窄的，行人不见了。视线之内，没有再多风景。可是当我望向这一扇门外甚至连景色都称不上的画面的时候，那种平静带来的惊喜不能言表，说简单都觉得复杂了，说安静都觉得还有声响。也许正如那只井底之蛙身在井底的时候，每天看到的都是和井口一般大的天空，但井里一样有它的风景，井里的生活一样有它的快乐之处。而当初嘲笑青蛙的我们，似乎还什么都不懂。世界那么大，你怎么知道青蛙没看过，世界那么大，你看过又怎么样，世界那么大，你还不是只会在那儿叨叨"我也想去看看"，世界那么大，你却连最近的风景都不懂得欣赏。

世界那么大，大到你一生都在奔跑也跑不完所有的角落，世界又那么小，小到躲进一本书、一首歌、一个屋子、一个怀抱里就能感受世间春夏秋冬、悲喜冷暖。一个流浪汉和路边一角相拥都能感受到快乐，一个人分享了周围那么多的精彩却依然觉得落寞，这是为什么呢？

问一个朋友：最近工作顺利吗？她回答：工作不太顺利，但是人很快乐。我笑了，握着手机呆了过去，不知回复。她是怎么知道什么才是生活最重要的部分，怎么知道自己最需要在生活里获得的是什么呢。或者说，其实她什么都不知道，只知道：呐，做人呢，最重要的是开心。她曾经无比真诚地问了别人一个不知道该说是痴傻还是智慧的问题："你说人们怎么会有那么多烦恼呢？我好像都没有烦恼。"也做了一件让我觉得意料之外又情理之中的事：早上去上班，发现刚刚调换的新职位真的不太喜欢，新部门的办公室那么陌生，几个相处很好的可爱同事都不在，突然很想辞职，然后下午就回来了。而现在她又说了一句多少地球人都不敢说的话：我很快乐。你个不知天高地厚的妞。

我的自由，她的安静，抑或她的快乐——那么小，那么美丽。说起来的时候都是轻轻的，好像它们就在嘴边，会被惊醒，但同时又是坚定的，这样它们才会相信，才不会逃跑。

像孩子一样失忆

俗话说童言无忌，好听点的意思是孩子天性善良，没有忌讳，粗俗点的解释就是小孩的话不经过大脑，你别当真。通常被某一个大人尴尬地对另一个大人这样说，看似善意的道歉与解释反而把纯真的童言推向了犯错的边界。

可是，尽管童言无忌，很多不小心被"击中"的大人事后依然会耿耿于怀。也许，正是因为孩子不会说谎，无知又无畏，才让人害怕、心虚。然而，大人们终是多虑了，虽然孩子的记忆力好，但是他们不记仇，不记得父母几分钟前的打骂，也不记得几分钟前她如何任性地耍脾气。当我发现这点时，已足够让我无地自容了很久，很久……

我有个小侄儿，亲哥哥的儿子，今年四岁。在我心里，他真算不上一个乖孩子。一天中，除了睡着之后能彻底消停之外，其他时候简直吵闹得让人想抽他。不管是他爸爸、妈妈，还是他爷爷、奶奶，都当过他的沙包，毫不留情地拳打脚踢，我十分怀疑他是看多了奥特曼，见谁不顺他的意，就化身奥特曼，打怪兽。劣迹斑斑，暂且不说，要说的是，身为姑姑，也有忍无可忍想要打他的时候。

大人打完小孩之后的反应也不太一样，他爸妈通常是打完了，又抱着他"宝贝宝贝"，一声接着一声哄，我不喜欢这样没有坚持的大人。而我呢，也是真真地打，真真地生气，打完了，像大吸了一口粗气，爽了，但还是生气，久久不能原谅他。下定决心不和他说话，除了因为自己的气没消，还因为觉得他大概记着我的仇，我若是这时候跑去求和，岂不是有失长辈身份。

把门锁起来，窗户关起来，终于世界安静了。我估摸着他尝过了他姑姑的厉害，该害怕而收敛了吧。没想到，没过一分钟，门外一声又一声"姑姑，姑姑"兴奋地大叫着，接着开始有人奋力敲打着门。我心想，这孩子，我刚刚那副凶神恶煞，居然都没吓着他，还敢再来跟我赤手空拳继续搏斗吗？终于在一阵自我计较的羞耻中被他一声一声清脆的"姑姑"融化了心，于是，一整天，开心、搏斗、愤怒、打人、哭泣、开心、搏斗……重复上演，我们互打，屡试不爽，简直要把人累得精疲力尽，无法好好交流。等到下次再来他家的时候，又是一声又一声好听的"姑姑，姑姑"。身为一个孩子怎么能这样呢？不在乎自己打过人，也不介意被大人揍，丝毫没有羞耻之心，反倒是大人如我，若再去计较，岂不是大人之心度了孩子之腹啦。

深深地记得一个小女孩在QQ上给我发过一张图，告诉我看过这张图就再也不怕鬼了。我随意想着：这小姑娘要发什么图给我看呢？正在我认真看的时候，突然从画面跳出一个白衣长发的鬼，吓得我不敢回到电脑前。自此，我见她的QQ头像抖一次，便回想起她的"劣迹"来，怎么都不愿理她，生怕又是什么小心机，直接忽略她的消息。最近，她又常常在QQ上问"在吗在吗在吗"我想她大概有什么事，便打开窗口来等着她继续说，并不去回答她，但通常没有下一句。我想，她大概早就忘记了曾经吓我的事，一定没想到给我留下了如此深刻的阴影。这样想来，我又一次以小气之心度了孩子之腹，让一个纯真的孩子望着电脑屏幕一阵失望。

有时候，大人何不去装装傻充充愣糊糊涂，像个不记事的孩童，不记得不小心说漏嘴的话，不记得刚刚在公交车上放了个响屁，不记得不小心嘴贱打击了谁，也不记得昨晚的烦恼，不记得曾被谁伤过了心，不记得会让我们彼此产生隔阂的种种，不记得让人活不下去的生活压迫，不记得你总是这样说却怎么也忘不掉的"想太多"。

不过，如何和我的小侄子正常交流，我还没有想好……如果"搏斗"之后能换得世界和平，那我也只能尽情"搏斗"了。反正他"失忆"，我也学着"失忆"喽。

勇敢的楚门

　　大部分人的一天至少要在三个盒子里进进出出，出发盒、路上盒、目的盒。普遍一点来说，出发盒是家里，路上盒是公交车，目的盒是公司。而大部分人的一天，也只能在这三个盒子里进进出出，早出晚归。当人们从第三个盒子里出来时，恐怕早已是精疲力尽，恨不能忽略掉路上的盒子，直接穿梭到家。

　　那么，会有盒子4号、盒子5号……吗？当然，总有些精力过剩的人，奔忙在自己都不知道一共几号的盒子当中。可是，不管人们一天之中要在路上这个盒子里进出多少次，都不会觉得它有多么亲切。因为叫着同样路号的公交车有无数辆，而在同一辆公交车上进进出出的人有无数个，它怎么能和盒子1号、盒子3号比呢。我想，我是绝对不会对某一路公交车驾轻就熟地随意撒野，宁愿把自己缩到看不见的角落，享受彻底的孤独。

每天早上 7 点 06 分，我和室友分别拿起桌上的手机放进背包，走出租住的家门。也许有时更早，有时晚一些，但每次当我偶然留意出门时间，竟然大多数都是 06 分。我们会在小区门口右拐走到最近的十字路口，过一条长长的斑马线，边走边抱怨绿灯短暂、车不让人，若是卡在中间真的是进退维谷。好在每次我们都能在最后闪动的几秒钟里顺利"渡"到对面，并不是运气好，而是本来就会是这样。不知不觉，我们已经进入到盒子 2 号，奇妙的盒子 2 号。

接着路口右转我们会经过两家相距很近的包子店，并自动忽略掉第一家，径直来到第二家，有时是一个馒头，有时会加一个茶叶蛋，有时突然又会有别的想法。除此之外，没有任何不同。包子店往前不远要经过一条护城河上的石桥，污水漫上来的臭气让我们不敢怠慢，咬了一口的馒头又重新包进白色塑料袋里，用手遮掩着过河，好像若是让馒头看见了那黑河，也要不干净了。

路的尽头再左转，两家相邻而开的饭店，我们偶尔会在第一家吃一顿美美的早餐，再到对面的公交站搭车，终于某天突然好奇隔壁一家的小菜会是什么味道呢，这才进去吃了一次，再十分自然地回到第一家。稀饭、油条，那是印象中最美味的早餐，每当经过那竖立在油锅边一根根慵懒的油条时，我都会想，若是以后早晨起来的第一件情是卖油条，该多么幸福啊，接着呢，就是照看一整片苹果园，这又是另一个梦想……

住在一起的是和我在一间办公室工作的同事，记得刚刚搬来和她一起住，第一次一起上班，在公交站等公交车时，一辆拥挤的 52

路公交车开来，我准备上车，她说，再等两分钟，坐下一辆，比较空。我有些不大相信，她坚定地说，每次都是这样。果然，不到两分钟，又一辆52路款款而来，和前面一辆比起来，它简直就是天使。

车上的人有我见过的吗？我不敢肯定。因为我甚至没有认真看过与我坐同一辆车的乘客们。我们有时相邻而坐，有时摩肩接踵，甚至还有时，都能闻到对方呼出的恶心的烟草味，可我们依然不知道对方的长相。若非必要，没人会刻意去和陌生人打招呼。尽管车开动的声音那么嘈杂，电视里不好看的节目也显得有些吵，可是车里的每一个人却像是得到了一份难得的安宁。没有公私事、不必应付来人，只管戴上耳机或者点开一个网页，自顾自得陶醉在自我的世界里，你不烦人，人不烦你。

我想，若是闭了心，我一定也能在下了公交车之后准确地走进盒子3号。习惯驱使着身体，思想变得可有可无，日复一日。直到某一天晚上如时从盒子3号下来时，一阵惊醒：这不是和昨天一样吗，明天大概也是这样吧。

想起大学时看过的电影《楚门的世界》，曾经为楚门深处在那样被所有人欺骗的世界而泪如雨下，每一天每一时刻被刻意安排在完全相同的场景里而不自知，竟被他人麻木实验了半生。可是如今再次想来，怕是当初自作多情误解了导演的意思，该同情的也许不是楚门，而是现实中的我们自己。被世界禁锢而不自知的也许不是楚门，是在片子前情不自禁为他人落泪的自己。我们才是那个名副其实被操纵了半生而不自知的楚门啊。

影片的最后，楚门终于克服了心中的恐惧，冲破了阻挡在眼前那虚假的障碍，亲手打开那扇通往另一个世界的大门，那个世界里，再没有人可以窥视着他的一切。他像冲出牢笼的鸟，获得了自由。

　　他是勇敢的楚门，你呢？

　　你敢让明天拥有不一样的颜色吗？

　　那么，再问问自己，我呢？

　　还是如歌里唱的一样，会是颜色不一样的烟火吗？

我们的生命，不该这样打发

　　同事间，常常会听到这样的关心，"你下班回去一般都干嘛"或是"周末在家做什么"，如果对方的回答里没有约会、吃饭、逛街，有人就会奇怪甚至遗憾地说：那你做什么啊。那疑惑的眼神似乎在告诉别人，没有一个忙碌的业余生活，一定很无趣吧。然而，提出问题的一方，是真的想知道别人的生活，还是在试探：有多少人和自己一样，其实不过在努力打发时间罢了。

　　周末的早晨，睡个懒觉便是最好的打发。虽然说一日之计在于晨，可是你想，反正也没有什么"计"，自然也不必"在于晨"，而且还省去了早餐吃什么之困扰。等到日上三竿，掐着时间起床洗漱，你想着要准时出现在和朋友约定好的地点，迟到了不好，早到了又无聊。

　　终于来到了约定的地点，可是你等了又等，朋友还不出现，拿出手机一看微信，原来是堵在路上了，没办法，千算万算，最后还是得让游戏来解救你焦急的心。

电影马上要开场了，这时朋友匆匆赶来，看起来像个大忙人。你们一起看了一场刚刚上映的电影，连导演是谁都还没来得及看，就讨论起晚餐团购好的那家餐厅的菜品。晚餐的菜色正如你意，味道正好，一切看起来都那么完美，真是充实的一天。

可是，你真的喜欢睡到中午吗？是为了这部电影而去的电影院吗？你在意这天陪伴着你的人是谁吗？如果换成另一个朋友，是不是也可以。你热爱这样的生活吗？还是，它刚好，打发了你的时间。

有人在等车时聊微信，有人在吃饭时看电视，有人在开车间隙玩游戏，有人在走路时刷微博。有人明明有大把的时间，却吝啬得想占尽分分秒秒，打发过头了，看起来真像一个个忙碌的机器人。每个人都害怕无所事事，每个人都在努力让自己有所事事，可是最后大多数还是一事无成。我们的生命，不该这样打发。

还有比打发更严重的——被打发，当日子难熬的时候。每天更新不断的八卦热点、热播电视剧、最新影讯，哪一个不是既被你消费，同时又消费着你。我们像一群被关在同一个笼子里的鸟，吃同样的食物、看同样的景、听同样的话，最后变成同一个流水线上生产出来的没有思想的木偶。生活，不应该无聊至此。

我们的生命不该这样打发，不要让自己原有的热情和热爱被周围的喧嚣所淹没。当你沉浸在每天纷至沓来的譬如"谁又出轨了"的惊心动魄里时，对于自己来说，不正像是另一种"出轨"吗。快回头看看吧，好好的你已经被打发成什么样儿了啊。

假如二十六岁的你，现在三十一

"'这种公司，干脆辞职算了。'听到我的话，丈夫也没有反驳，低着头，久久没抬起来"，这是一篇短篇小说的最后两句话。老实说，看到这个有头没尾的结尾时，我立马就想到了"丈夫"也许会脱口而出或是按捺不发的愤怒："辞职辞职，然后呢，像你一样吗？"

没错，我想说的就是，"让我放弃这份把人累成狗的工作之后，然后呢，像你一样，当一个什么也不做靠别人生存的米虫吗……"然而，故事并没有像我所补充得这样啰唆，而是结束得仓促干脆又刚刚好。"丈夫"到底会怎么回答，还是继续沉默不作答，这些都已不重要，重要的是，看书的人从最后的沉默不抬头中读出了什么。再者，假如我是那位三十一岁、仅仅在家依靠丈夫的薪资生活的"妻子"，听到以上这番话，又会有什么样的反应呢。是觉得颇有道理而惭愧，还是莫名其妙而不解。

　　因为不知道该做什么而什么都不做和因为不知道该做什么而愚蠢工作，到底哪一个更加会被看不起。其实这样的对比不过是以五十步笑百步，真的有哪一个更值得尊重吗。如果一定要在两者当中比个对错高低，解决眼前现实困难似乎更加实际，而且更加博得同情和支持。

　　在读山本文绪的《三十一岁又怎样》之前，似乎从来没有认真地考虑过女性在社会生存中会感受到的悲哀。尽管也从不少朋友的口中听过一些她们对现实的无可奈何、逆来顺受，对工作生活的不满意、无从改变，但也自以为那是每个人都会遇到的困难，随着时间自然而然就会解决的事情。几乎每个人的抱怨都会集中在某一天、某个时间段发泄出来，当下任别人怎么安慰都无济于事，但奇怪的是，第二天就自动好了，好像什么也没发生过一样，甚至反而会责怪是自己的情绪化。于是，原本浮起的一丝哀伤突然被一双大手一抹就不见了，人人正常上班下班、吃饭睡觉，继续任劳任怨地加班、听着丈夫的呼噜声此起彼伏、继续安抚哭闹的孩子。

　　只要不去抱怨，回归到眼下一如既往的生活，不让偶尔冒出来的不满意和不满足来打搅好不容易制造出来的平静，就算没有工作也可以过得不错。只要小心翼翼，保持目前安安稳稳、可以继续下去的状态，就算做着自己不喜欢的事，也心甘情愿。有时候很想问问，到底有多少人变成现在这个样子是跟着自己的脚步一步步走来，还是随便什么样子都好，是真正作为自己生命的当事人，或是仅仅过着别人的生活。

《三十一岁又怎样》中很巧妙地合辑了三十一篇短篇小说，每一篇故事里都会有一个三十一岁的女人，这个女人有时是正在描述故事的"我"，有时是"她"，有时是整篇文章的主人公，有时只是主人公所认识的某个朋友或是同事，不同的人物、角色，不同的情节、人生。然而，在这么多不同的三十一岁里，她们中大部分的人都拥有着一个共同的特点——对自我生活的不作为，没有独立生存的精神世界。

　　一个家庭中的女主人，想着反正有丈夫一方在工作，就算什么也不做，只当一个贤内助，也可以过得好。当有一天，丈夫突然失去工作，这才急急忙忙找工作应付生活的开支。

　　一个拥有帅气儿子的母亲，最大的喜悦就是自己可以完全拥有这个近乎完美的孩子，于是当某一天儿子不如往常那么乖巧地对母亲说了叛逆的话，以至于她惊慌失措，疯狂一般向丈夫要求再要更多的孩子。

　　一个已入社会工作多年的粉领族，由于自始至终一直与父母住在一起，习惯了父母的照顾和保护，慢慢失去恋爱的勇气、失去独立成长的机会。

　　一个厌烦无休止工作和复杂人际关系的上班族，努力避开一切外界的叨扰，但显然这样的人并不容易被社会所认可和接受。

　　……

　　大部分人都会遇到突如其来的迷茫空虚，导致日常一切的突然中断和转变，只要我们有足够的勇气度过这段致命的孤独期，也许就能拨开乌云豁然开朗。可是，似乎有一种可怕的现象越来越凸显出来，那些在生活中失去方向的人似乎并不着急地去找寻自己的目标，而是随手抓住一个不至于让自己摇晃不定的救命稻草，让生活得以继续，并且过得不那么辛苦。而这样的精神支柱，也许是能干的丈夫，也许是优秀的孩子，也许是永远付出的父母，也许是不好不坏的工作，也许是应接不暇的情人，是一切足以让人们忘记烦恼、变得快乐的因素。

你曾经是否有过这样的想法，反正不知道要做什么，不如随便找份工作吧；反正不知道要做什么，那就继续旅行吧；反正不知道要做什么，谈一场恋爱也许也不错；反正不知道要做什么，就答应他的求婚吧；反正不知道要做什么，既然怀孕就生下来吧；反正不知道要做什么，那就这样吧……因为不知道该做什么，该有什么样的目标，于是找了一件目前来看最容易实现并得以有事可做的事情来填充空虚的生活，然后理所当然地向自己以及世界宣布，"我并不是无所事事的人，我也有要忙碌的事情"，于是抱着这种自欺欺人的想法以示自我的存在。我已经不敢断言，这样的存在是否可以替代真正的存在。

想想，三十一岁距离现在的我不算太近，足以喘口气，暗自庆幸还有实现的空间。应该有很多人已经感受到仅仅是年龄的增长而带来的烦恼和不得不做的改变，这是可怕又残忍的，因为并不是所有人都能在适当的年纪变成传统印象里该有的样子，也不见得所有人都能承担所谓年龄带来的责任。而更加可怕和残忍的是，由于日积月累的堕落和拖延，有人在发现自己再怎么努力也难以追赶上时间的速度之后，选择妥协，一步到位，成为另一个新的自己，一个曾经的自己最不想要成为的人。想想，三十一岁距离现在的我也不算很远，如果还抱着侥幸的态度得过且过，不过是继续消耗掉那仅存的小庆幸。当然，重点并不在三十一还是三十三，不管你是自以为觉得还有几年可以拖延，要不要都试着停止看看呢。

试着观察自己的需求，在意自己的想法，重视自己的决定，在有限的时间里尽心力去靠近理想中的自己。

因为，假如现在二十六的我突然发现自己三十一岁了，我会、非常……

青春的要求

辞职的时候，找了个人诉说，刚憋着气哀声说"哎呀，我辞职了……"，对方迎话赶上"我也是，刚辞。""啊？这样子。"到了嘴边的话又给吞下去了。

准备某个考试，坚持不下去的时候，正希望战友给点鼓励"哎呀，坚持不下去了，有点不想考了，怎么办？"鬼使神差，我的衰容还未散开，对方来一句"哎呀，我也是。"呵—呵—呵，暗自苦笑，随后打起鸡血"不能这样，一起加油吧！"

最近又迷茫了，点开微信，找了个最嗨的朋友，我说"哎呀，书不想看，电影不想看，也不想出门，什么都不想做"，她很快回复了，我激动地想听听她骂我"什么狗屁烦恼，有病"之类没心没肺的话。结果听到的是"哎，我也是啊，下个月回去之后都不知道自己要干什么了"，我赶忙安慰"困难会过去的，忧郁会过去的，一切都会好起来的。"然后就赶紧"晚安"了。

什么情况，什么情况，大家这都怎么了？我跟你们都什么仇什么怨，抱怨一下都不许吗？烦恼撞到烦恼，一下子忘了自己是谁，它们之间互相滑了一稽，让身后的人哭笑不得。我们似乎都在"坚持"和"放弃"之间做着无意义的拉锯持久战。

继续？还是退出？不是一念之间的事，纵使你念念不忘，也不见得会有回响。我们的时间，依旧从拂晓走到日落，从今天走到明天，它就像一条河潇洒地从我身边流过，从来不看我。

后来，在某天的一篇文章里，读到三岛由纪夫的《青春的倦怠》，这是一段时间以来我一直在等待的可能会有描述这种状态的文字。可是他说，"倦怠是非常奢侈的东西，是贵族的专利，是他们在拥有一切之后而不再派上用场才能感受的东西，而青春里的无所事事和无可奈何所致的倦怠，与之相差甚远"。所以只好在倦怠前加上形容词"青春的"，以免人家贵族生气吧。

如他所说，青春本是激情飞扬，是不应存在倦怠这种东西。可倦怠是很暧昧的，它缠绕着人，又使人不能把它一脚踢开。它只缠着那些精力过剩的人，再把人渐渐引进一个叫作"倦怠"的游戏里，使人忘了和外界的连接。而当我们处于茫茫然不知所往的时候，也许并不是真的迷失方向或是软弱消沉，也许这一切只是来自肉体和精神的不平衡。这时，或许我们可以去折腾着换个环境、重新忙碌工作、让运动带来淋漓畅快、不远千里赴一场有趣的约会、见几个许久不见的朋友。热闹过后的安静总显得珍贵，劳累过后的人才能闻到安枕而卧的香气。微博上有人打趣说：晚上效率特别高的人，大多是因白天碌碌无为而羞愧。幽默中透着智慧呀。

生活不留空白的人常会感到失去，留白太多的人又常不能进步。前者忙于奔波，后者想得太多。不愿动脑动手改变不良状态的人，只能被时间、物质、懒惰拖着行走，无法抓住自己。上天是不会莫名其妙实现一个不去努力而祈祷一切变得更好的愿望。自私的人们，让无所不能的神都要累觉不爱了。

辞职的那位朋友开始找工作了，打算放弃考试的那位朋友开始认真复习了，不知道该做什么的那位朋友开始和我讨论她想要尝试的生活方式了。什么情况，什么情况，这时候就是有再深的仇、再大的怨，我也不好意思去混搅她们。工作、学习、旅行，除了并肩作战，我想不到更好的方法。在可爱的青春里，岂能把勃勃生机交给倦怠，况且，那是你应该拥有的东西吗？你只是在和它的替身搞暧昧而已。这就是现实，赤裸裸的。

青春或长或短，去疯、去爱、去浪费，去听听青春的要求。

那些年，我输给了"人家"

小时候，妈妈从不拿我跟别人比，从来没说过"你看看别人家的孩子……"，因为我就是别人眼中那个"别人家的孩子"，是别人家的孩子学习的对象呀。可是现在，妈妈在电话最喜欢跟我说的却是："你看看那 xx 家孩子 xxx，人家的工作……工资……结婚了多好啊，生了孩子多轻松。"

可惜，我从来不羡慕她说的那个人，哪怕是好的工作、高的工资，更别说是生了孩子，家庭美满，总觉得离我还很遥远。我不能理解，难道按部就班的把人生中该做的事都一一做完，就能安享太平、轻松自在了吗。

如此比来比去，慢慢地也终于体会到，那些被自己的父母拿来和别人对比的孩子，其实最后并不会因此而向那些"好孩子"学习，反而会更加不在乎那所谓的"人家"。可是父母们却并不知道，对于孩子来说，最没有用的教育就是去看别人家的孩子。

人家有房我没有，人家有车我没有，人家有孩子我没有，人家有的很多我都没有。我跟妈妈说我还没想过要那些东西，她觉得我是吃不到葡萄说葡萄酸。我跟爸爸说现在的工资已经比之前好很多了，他依然不停建议我换工作，像从来没听过我的解释一样。我跟他们说不要拿那些大龄剩男剩女当谈资，也许我也会是，他们一时间居然说不出教育我的话来，真是值得偷着乐的一件事。

曾经的我是他人的榜样，现在呢，随便指出一个人，都是我该学习的榜样。曾经的我们以为满足了大人们的心意之后就不再有烦恼，后来才知道催促是无穷无尽的。前一分钟还在为赵姑娘今年终于如她家人所愿带回夫婿、终于逃离被虐的单身或未婚狗圈而欣慰，后一分钟她便面露难色，诉说被催生孩子的窘境，感慨周围人的"关心"接踵而至，不会消停。尽管生了孩子呢——林女神也没有好过多少，虽然赵姑娘一口一个"好羡慕你有孩子呀"，抱了孩子一整天的林女神似乎也没有轻松多少呢，而她的脑子里应该早就被"孩子以后……"塞满了吧。最自在的当属庄妈妈了，老公又被养胖了一圈，两个孩子都可以丢开让她们自己玩，循循善诱的妈妈已经听得我都忍不住提前咨询起来了。在过去的很多年里，每回过年回老家，她不敢出门，不敢面对外人的闲言碎语。她开玩笑说这是风水轮流转，确实如此。

无聊的人类就有这种超能力，不停巴拉巴拉，活生生催出一个人的人生来，也摧毁一个人的人生去。内心建设不够健全的人，不能轻易走入熟识且长舌的人群中呀。从小比到大，依我看来，并没有什么实际意义。

想想，林女神和庄妈妈的距离，还好远，赵姑娘和庄妈妈的距离呢，好遥远，我和庄妈妈的距离呢……去哭吧！

可是，不管父母怎么拿别人家的孩子来跟自家孩子对比，善良的孩子们似乎从来没想过拿自家父母跟别人家的父母来比。若是有，那便是不孝，是要伤了父母的心。那被比的孩子，难道不伤心吗，对比结婚的难过想必不会输于对比成绩，只是父母始终不在意，更不会在意长大的我们早已比从前敏感了无数倍。若是那些曾经是孩子的人如今当了父母，还在通过"人家"来教育自己的孩子，要么是自己的苦不够深刻，要么是心里的阴影太过深刻。中国的天才们，首先就被扼杀在家庭教育里，更别说学校教育。新晋的爸比妈咪们，一定要谨记自己的历史苦痛，切莫再在自己的孩子身上重蹈覆辙。我们尚有自由的童年，可怜如今的小娃娃，竟然不懂玩耍。

亲爱的爸爸妈妈们，请放心你们的孩子，不要再拿自己的孩子和邻居家的孩子相比啦，她并没有失去什么，总是笑脸常开，你们不是都看到了吗。让她去过自己希望的生活而不是遵循你们希望的步伐，我敢肯定，没有什么比这更让她快乐的了，而快乐，对大多数人来说，尚且难以得到，我们还要要求什么呢？

亲爱的老妈呀，别再好心地通知我哪个亲戚嫁女儿，哪位邻居又娶媳妇啦，别再旁敲侧击地告诉我是时候结婚啦，因为我是不会听从你的，放心。

亲爱的年轻父母们，请善待我们的孩子，不要逼迫年纪还那么小的他去承担那些繁重的补习班课业。童年该是什么样子的，你怎会不知呢？有些注定"输"在起跑线上的事，不是勉强站在同一条起跑线上就能起点一致了，让孩子从小学会攀比，真是一件残忍的事。

最美的笑不在富裕的家庭里，在山里，在田野，在那些只懂玩耍的孩子的脸上。看到一身脏兮兮的他们，生活在那么偏僻的地方，吃着只有一样配菜的大锅饭，也许你会可怜、同情他们，但是不能否认，他们那么快乐，那么幸福，甚至让人羡慕。而在城市里，我再没见过这样幸福的小学生。最美的生活不在一家三口的家庭模式里，在爱里，在欢乐里，在知道什么是自己想要的场景里，在一个真正属于自己的身体里，在那些时时飞扬的笑容里。如今有一种叫作"爸妈觉得美好"的生活，哎，想起来都觉得可怖。

放开那个"人家"，放过孩子，也放过自己，让所有的事物都自由生长，我这样希望着。如果人生中一定要有这样的比赛，那我甘愿认输。对的，我输了，输给了好多人呢。

最后，我发现，今年老妈已经不催婚了，她改催恋爱了，居然有一种退一步海阔天空之感，不禁心软。看来她也顿悟了，慢吞吞的我与其对比人家，不如同自己比赛，比较容易获得进步的喜悦。

让我好好的，来到你的面前

《小时代4》上映的第二天，我和旅舍的义工妹子订了同一场的票，在电影开场的前半小时坐上公交车，等待着和这场约会慢慢靠近。车开到厦大医院的时候，意料之外，堵车不动，又是意料之中。看着时间一点点过去，我越来越失落，一阵阵懊恼困住了头脑：为什么不早点出门呢。迟到这件事是我所厌恶和害怕的。

到站下车，电影已经开场十五分钟，妹子默默地朝着前方两百米的中华城跑去，丝毫不顾身后和她距离越来越远的我。而我看着她越跑越远，看着电影院就在前方，突然一点也不着急，心想：既然已经迟到了，再多五分钟也不算什么，而这五分钟，却可以让我整理好疲惫，心平气和、轻轻松松地走进电影院，像不曾迟到一样。

走进影厅，坐下来，我看到了顾里，在眼前大大的荧幕里迈着一贯雷厉风行的步子。嗨，顾里。看着她依然一副天下无尊狂野忙乱的样子，终于那句"好久不见"不能说出口。接着，林萧、南湘、唐宛如、周崇光、顾源都来了，我满意地坐着，像在赴一场小时代的约会。

只是，没有看过原著的我想象不到这再次见面的场面会是这样惨烈，死的死，伤的伤，让影片浮在半空的气息瞬间沉重了许多。互相深爱着的人也可以横眉冷对互相伤害到如此，那么优雅高贵的人也可以歇斯底里破口大骂到扭曲了妆容。在这样好看的背景下，血腥四溅都精美得小心翼翼。我不知道这部电影好不好，但我知道，见到了好久不见的人，很好。

有人说，《小时代》像一支超长MV，我却也觉得这个形容真贴切。电影里铺满画面的华丽精致就像演员脸上的妆容一般，一丝不苟，只是一个阶梯、一扇门、一块布、一把伞，都不忘打扮，恍惚间让人欣赏起眼前这个由导演精心设计的美丽世界，一群美丽的人在里头走来走去，而她们到底在做什么，我却不能好好地讲出个来龙去脉。而那轻狂的岁月、温暖的友情，已经赚足了观众大把大把的眼泪。

有人说，《小时代》奢侈又肤浅，光华却不实，导演是脑残，看得人也跟着脑残。作为观众，看个电影都要被说脑残，突然觉得人生更加艰难了。结果是，骂得人越多，看得人越多，骂声越大，票房越涨，真是气死了那些为脑残们惋惜的人。可是，我还是会欣赏它带来的精美、肮脏、温柔、冲突，再静静看着这些真善美与假恶丑从每个人的身体流出，像无数支流汇聚向大海，洗净重来。而有很多人，明明在追求、羡慕着这样包围着别墅、金钱、名牌的生活，却觉得一切完美呈现的电影只剩肤浅。也许觉得美梦不可实现，否则就是假象吗？反而是像我这种认不清几个牌子的古墓派人屁颠屁颠享受其中，仿佛自己也穿上了顾里身上一袭收腰翘臀的黑色长裙，也披散着南湘黝黑优雅的长发，还极度夸张地像唐宛如扭着屁股，再拥抱着和林萧说"我只剩下你"那个叫作周崇光的男人，那个电影里独自在角落安静却散发着最温暖光芒的人。

每一部电影总有让人感动的点，而小时代让我落泪的是"永远"。不要不相信永远，就算一个善良的人最后变得让人发恶，就算一段温情满满的岁月最后揭露出了虚伪肮脏，依然会有一颗种子从最初的纯真开始发芽，穿过岁月里的玻璃碎片，在你我牵扯头发、血腥淋漓的现在开出一朵小花来。最初那么好的我们，为什么会变成这样，而现在的我，真的好想念那时的我们，而我们，原本就应该好好的。

走出影院，我看妹子都哭红了眼，而我是被惨哭的。她问我，你想起了谁。我说看第一部时也哭，是想起了很好的朋友。现在谁也想不起，只是看久了电影里的人，和里面的人物混熟了，跟着她们哭。我就是想来看看她们，看看她们从去年之后，怎么了。

小时代都完结了，你还在原地等吗？时代姐妹花都轰轰烈烈过了一年又一年，你还是停留在当年那个骂着别人脑残的你吗？一部电影能跨越三年，拍成4篇，这样的坚持长跑不能不佩服。完结篇于我，并没有迟到，因为没有刻意的等待，什么都刚好。我想，只要我们不停奔跑，任何耳语都会被甩在身后，越来越远。我也要用力奔跑，用尽力气跑向最初，哪怕错过重逢的时刻，也要认真拍拍身上的尘土，整理好头发、拉好衣角，让自己好好的，来到你的面前。

任世间多冷酷，我都相信自己

赵姑娘和邱二终于一起来厦门找我，这样的场景我们似乎已经计划过好多次，可是每次总是因为没时间或是时间不能碰到一起而不了了之。而这次，不知道是机缘巧合还是下定了决心，两人突然在说出想法的当下便立刻买好车票，实在难得的一次说走就走。而我也因为被我们互相之间的约定"骗"过太多次，小心着不动声色，直到看到车票信息的瞬间，松了口气豁然开朗，马上申请了两天的休假，于是一场意义非凡的 19 年闺蜜之旅便这样成行了。

那天，她俩坐着同一列前往厦门的动车，却只能在不同的车厢靠着微信传情达意。我在微信群里看着两人在车里的自拍，心一下融化：这两姑娘，真是出落得越来越美丽了。于是发了一句特别实在的感叹：咱仁人我最长坏了。谁知道邱二回复说：谁让你不好好收拾自己。我一下笑出来，心想：虽然在我心里，你们都比我美，可我还是非常美的。总之，我总是拥有一副不知道哪里来的自信，以及对他人的信心。

可是，那两天当我们那么愉快地玩耍聊天时，我渐渐看出了她们的不美丽。听到赵姑娘说"哎呀，和你们站在一起总是觉得自己特别胖，特别是和邱二"，"有时候觉得自己没有文化，后悔以前没有好好读书"，又听到邱二几乎自黑式的安慰"不会啦，还有人说我胖了呢"，"不会啦，你以为读大学都有用哦，你看得书比我们都多多了"的时候，竟不知如何是好，沉默着不说话。一个明明很努力地在抵制食物的诱惑慢慢瘦了下来，一个明明很努力工作，用自己的钱买喜欢的东西、做喜欢的事情，可是她们却不为自己感到骄傲。看到她们在他人面前总是展示着最好的一面，内心里却对自己挑挑拣拣。这样的不自信、不能爱自己，这样的不美丽让我十分受伤，甚至有些闷气：那么美好的你们，为什么不肯对自己说一句"我很棒"呢。

世间多冷酷，每个人都在受到他人的怀疑、指责、甚至嘲笑，可是如果连我们自己都嫌弃自己的话，才是对自己最大的伤害。有时候幸福感不是别人给的，不是别人的一句"你好漂亮"或是"你好厉害"，而是自己对自己的肯定，自己对自己的一句"你很好"、"我爱你"。可惜，现在越来越多的人渐渐失去了自恋的勇气，她们不再欣赏自己的优点，甚至有人卑微地觉得自己一无是处。

比如时常被我当作反面教材提及的一个朋友，一个常常给我们带来欢声笑语备受室友们喜爱的蛇精病，一个现在越来越不蛇精病，只关心自己的脸是不是变大了，腿是不是变粗了的"淑女"。记得有一次几个女生一起逛街，在一家服装店她试了一件衣服，其实看起来高高瘦瘦非常合身，可是她对着镜子左看右看上看下看，又是叉腰又是抬头的，最后还是失望地对着服务员说：还是太胖了。我看着她身边那个胖胖的服务员，不仅要听她吐槽还要安慰她"不会胖"时候，差点没有当场一个白眼翻给她看。是怎样冷酷的世间，让她这样丝毫不能发现自己的美，是怎样嫌弃自己的她，居然对着一个比她胖那么多的人抱怨而不自知自己当下的冷酷。

这个常常被我在文章里一笔带过的好朋友曾说希望我可以写一篇她的专文，而当我想好也许可以在她结婚的时候写一写这个终于等到爱的女人的时候，却听她告诉我说，觉得这样不优秀的自己有人喜欢已经很难得了。当下又是想一个白眼翻死她，但还是心疼一般默不作声。有时候，真想对那些我爱着的却丝毫不珍惜自己的朋友说一句：我这么爱你们，值得吗？你们这样嫌弃自己，考虑过自己的感受吗？

似乎很久不见谁敢自信地夸奖自己，也感受不到谁真正地喜欢自己，要么自卑自弃，要么妄自菲薄，宁愿自黑，免得被黑。朋友间聚会，不再分享快乐的事，更多的是在比比谁更惨。没有人愿意相信自己，都说自己混得马马虎虎，没有人愿意相信自己，当身处在一个充满负能量的人群里，没有人愿意相信自己，因为没有人愿意更加努力。

而当有人拿着三千的工资自怨自艾的时候，有人曾经拿着六百的工资在一家公司实习了一年。那个把所有人的怀疑和劝告都用泪水洗一洗，继续昂首向前的姑娘叫安安，外表柔弱内心执着。那年，她从北京回到厦门，本来拥有两年工作经验的她完全可以找一份很好的工作，可是她却突然对另一个行业产生兴趣，于是自己买书自学考证，并且在一家相关的公司实习，而这一实习就是一年。家人劝告、朋友不解，包括我，看着她工资还不够付房租，还要借钱生活的时候，忍不住问过她为什么还要坚持。她说，虽然现在生活很艰苦，但是她可以学到自己想学的东西，她知道自己想要的是什么。之后，我不再怀疑她的傻气，她并不盲目，只是拥有了一件相信自己可以完成并且努力坚持的事。

同样信心满满坚持自己的人还有瓶子姑娘，每次聊天她总是告诉我自己最近多忙，因为对工作太感兴趣了，要么就是最近工作调动，又学到了新的技能，她几乎是我认识的朋友里面最热爱工作的一个了。而直到今天，我才知道，她的公司并没有所谓的福利待遇，她的工资也很一般，甚至自己都觉得不公平。可是她依然跟我分享工作中的乐趣，分享与她并肩作战的好同事，分享自己的每一次进步。她说，虽然工资不高，但是工作很充实很开心，而且正是因为工资不高，所以才要更加利用公司的资源学习越来越多的东西，补偿自己。她总是那么自信地说"我知道自己想要的生活是什么样子的，而且一定会实现的"，并且毫不吝啬地肯定我，说"你的未来一定会非常优秀的"，我不知道她为什么能那么肯定自己的未来，也不知道对我的信心到底来自哪里，但是那种信誓旦旦的语气真的就让人充满了希望。

最近，无知的错误、无情的指责、无理的要求常常围绕着我，一时间，那么张牙舞爪的我突然被吓得弱弱地恨不得蜷缩起自己，不让任何人看见，也想自怨自艾一句：哎，怎么会那么蠢呢，怎么可以那么不美好呢。既然错了就去改吧，既然认识到无知就多学习吧，既然迎面而来的是愤怒就沉默还击吧，既然本无完美就去肯定自己吧。世间已足够冷酷，若是连自己都怀疑自己，才是最艰难的人生。

我本来就很美，再多的装扮粉饰不过令我更美而已，我本来就很棒，再多的困难不过让我变得更加优秀而已。我很爱自己，因为她为我走了太多的路，做了太多的事，分享了太多的快乐。我相信自己，因为那是爱自己最温暖的方式。

谨以此文，鼓励邱二、赵姑娘和米雪儿，也送给每一个本来就很美而不自知的你……

第三章

情人节到了，写封情书吧

今生初恋，今世婚姻
——三毛与荷西

3.26，是三毛的生日，可我从来都不记得。只是临睡前偶然看到朋友圈有人转发的中国新闻周刊发表的三毛专文，躺在床上的我恍然又失措，像是错过了一个日日夜夜心心念念、终于来到你面前的人。可是时间已到了第二天，我来不及在这一天写下关于她的只言片语。

郑重地点开标题，看到文章导言末尾附着这样一句话：文末有珍贵录音，记录着她与荷西美到心碎的爱情。"美到心碎"？我琢磨着"心碎"二字，心想，这么矫情浮夸、动不动就心碎的字眼，不应该这样随处乱放。可是，当再次听到她的稚嫩地像孩子一般的声音，再次听到她讲的故事，仍然心痛到流泪。她太过执着、太过真诚，从来容不得生活里的虚假，也就此放纵自己失去爱人的绝望。若是肯稍稍欺骗自己，把亲友们的劝慰听进心里去，也许结果不会是这样。

有人说，一个轻易结束自己生命的人是对生命的不尊重，显然她并不是，她尊重生命，热爱生活，恨不得把每一天过得五彩斑斓。对待死，她并不轻易。早在荷西离开时她就想随他而去，可是当时她对着荷西的尸体说，"我上有高堂，我有父母，还不能跟你一起走……过几年我再来赴你的约会"。她清醒地知道自己即使处在绝望里，也有必须要完成的责任在身。

　　在荷西死后的十多年里，她依然去写作、演讲、教书，做着她喜欢做的事情。可是，虽然生活给了她太多太多的快乐，随之而来的伤痛也积累到了她无法承受的地步。甚至说，在荷西死后的日子里，若是没有亲友费尽心力的劝慰劝导，乃至逼迫，她也许不可能支撑着走下这十多年。生命，对于一个人来说，有时太长，有时太短，都是不能预料和控制的情绪。她对生命采取了这样结束的方式，即使非常不愿意，但我却在心里默然理解。可若是可以向她伸手，我一定拼命拼命拼命拉住她。并不因死亡多么罪恶多么可怕，而是实在舍不得。

　　可惜那时，没有人可以拉住她，一如十二年前，她没能拉住自己的丈夫——荷西。命运是不可捉摸的东西，它把你拉到爱人的身边，让你惊喜，又把爱人从你的身边夺走，让你痛苦。她相信命运，便无处发泄。

　　三毛写过很多撒哈拉沙漠的故事，可是关于沙漠里的夫妻生活，她只有在台湾报刊的约稿下写过一篇，零零碎碎的琐事便随处穿插在其他的故事中。生活对于他们，尤其在沙漠，就是柴米油盐。买一桶水要驾车两三个小时到几十公里以外的镇上，甚至还要担心隔壁邻居的羊会随时从房顶掉下来，弄破房顶。风沙漫漫，酷暑难耐，在这样艰苦干涸的沙漠里，三毛的文字却无时无刻不透露着滋润，好让人羡慕。好像身体化成沙漠里的沙，心田却是雨季里的花。在采访的录音中她说："虽然住在沙漠里，在他的身边，为什么我眼前看到的都是繁花似锦，那么我的歌词里面就有这样的句子，花又开了，花开成海，海又升起，让水淹没。"她对生活的热爱，从她的文字和语言中溢出，即使在最悲伤的时候，也不能苍白。

其实，他们的爱情故事，在我看来，实在不能够美到心碎。那只是一对普普通通的平凡夫妻，在普普通通的平凡生活里，那么认真用心地去对待每一次的日升日落。他们感恩生活的富足，就像在沙漠里开出了花。

今生就这样开始了……一首写给初恋男友的《今生》，在遇见荷西时开始了。没有鲜花，没有甜言蜜语，只是天真又纯真的承诺："我有四年的大学要读，两年的兵役要服，等我六年，我就来娶你。"是的，对于当时正在马德里念大学的三毛来说，荷西不过只是一个高中"小朋友"。已经在爱情里受过伤害的三毛便决定，既然话已至此，今后彼此不要再有联系，荷西信守承诺，在这六年中，没有任何讯息。六年过后，曾经的"小朋友"变成"大胡子"，命运再一次把三毛送到了马德里。当她看到一整个房间里挂满了自己大大的黑白照片时，她心里想的便是"这一生，有如此真心实意待我的人，我还要谁呢"。他们没有恋爱，如三毛所说，他们的爱情是从结婚后开始的。"今生，是我的初恋，今世，是我的婚姻"，之前所有的爱情纠缠从此不再计较，与荷西结为夫妻后，她只是荷西的妻子，一个简单的身份。

就这样，荷西默默地成为三毛所有故事的主角，被她的读者所熟悉。我想一定有人和我一样，有时会突然想到一个问题：荷西是谁？为什么我对他那么熟悉。然后发现，哦，对了，他是三毛笔下的一个故事主角啊，不对，他是三毛的丈夫啊。这种感觉十分奇妙。他既不是什么名人，也没什么文学作品可以阅读，我们本应不会有任何交集，可是他却常常被三毛带到我们面前，于是，这样一个常被邻家姐姐提起的"我家男人"，便默默地在读者心中根深蒂固。我们知道，他有大胡子、爱潜水、孝顺、有责任心、有爱心、还有一点大男子主义，荷西大概不知道，在中国，有那么多人爱着他、爱着他们。

鲜活的故事，鲜活的心情，在三毛的文字里，随时都是跃然纸上，经常让人忘记写作者早已故去，刹那间以为她还在西班牙的某个岛屿上的房子里伏案写作。等到突然反应过来，捧着书本的人已是目瞪口呆，眼泪直流。眼前明明就是一张张刚刚越洋而来的书信啊，可是寄信人却已不在人世。

开心就笑，悲伤就哭，一切的自然、简单如她所愿，一如她的文字，毫不掩饰哪怕一丝的窃喜、惊讶、焦急。她把一个真实的自己、一颗真诚的心在一张张白纸上完全铺陈而去，不留余地。一颗真心的交付，终是得到了无数真心的珍视和珍存，她的努力没有白费。然而，即使什么也没有得到，她亦没有什么好去后悔。既然一切事物自然而然地开始，简简单单地向前，她跟着走便是了。

而荷西——"我今生的初恋，今世的婚姻"，今生今世，也是跟定你了。

一旦相爱，不曾离别

上班时，同事突然郑重其事地说："我觉得男人花心是正常的，我感觉自己也挺花心的。"她说得很小声，不敢大肆宣扬自己这个"放肆"的想法，而我却惊讶地抬头越过面前的电脑看着她说："对啊，我也这么觉得。"我俩相视一笑，像共鸣了某个秘密。

"假如现在我跟一个男的在一起了，如果他有了更喜欢的人，我觉得是正常的，而且应该让他去选择。"她说。

"可是如果你还喜欢着他，那你不是很痛苦。"我说。虽然我也认为追寻真爱是每个人的权利，可是如果我爱的人不是我的爱人，那该有多难过。

"不断相爱，不断离别。"我那不知烦恼为何物的同事再次让我有种思维爆炸的快感。她时常在办公室里没心没肺地对着我们感慨：你们怎么都会有烦恼呢？我好像每天都嘻嘻哈哈的。是啊，没心没肺到都能"不断相爱，不断离别"了。

我重复着她的话，不断相爱，不断离别。相爱过的人，真的能好好地离别吗？相爱过却离别的人，要过多久才能再次好好相爱？我们当中又有多少人真的能做到好好相爱、好好离别呢？令人恍惚令人绝望的世事难料真的可以用一言以蔽之，然后一人向左，一人向右，互不相欠吗？据我所知，分手之际，男人大部分内心决绝，表面不忍，而女人大部分表面决绝，内心不忍，男人只需花上一小点的时间就能把表面的不忍坚定成决绝，而女人却不知道要花上多少时间才能把表面的决绝变成真正的决绝。男人是爱的建立主导者，而女人是爱的维持主导者，虽然曾经欣羡着司马相如诗于卓文君《凤求凰》，让她坚定了追求幸福的决心，如今更加钦佩于卓文君那不忍决绝的《白头吟》，最终挽回了丈夫的心。若是能够欣然接受"不断相爱，不断离别"的箴言，固然也好，但若能够一旦相爱，不曾离别，为什么不呢？

突然回想起前一天晚上妈妈的电话，似乎也有些相爱离别的意思。

她问我："你妹妹的那个男孩子"妈妈问起妹妹的男朋友，但她基本不说"男朋友"，大概是因为那个年代没有"男朋友"一说，所以她也觉得说出来别扭。

"嗯。"我回答着，表示知道。

"掉（分手）了没有？"她问。那个年代也没有"分手"，她用"掉"，好干脆的"掉"！

我惊讶着笑说："人家才谈了几个月，你就问掉（分手）了没有。"

她大概还不能明白现在年轻人的爱情要经过多少缠绵悱恻、软磨硬泡，方能修成正果。

电话那头又是妈妈那屡试不爽的嗤之以鼻之声，她非常喜欢以此来坚定自己的看法，并且时刻提醒着我们的不谙世事，却不知电话这头的我总是轻轻一笑。我们常笑她，笑她不愿意承认自己那坚定不移的看法结果是错的，不承认女儿们早已长成她不能掌控的模样。想到此，又想笑她。

我在想，妈妈是不是看透了如今的年轻人"不断相爱，不断离别"地要流氓，希望我们早点和所有爱错的人掉得干干净净，也好遇见一个真心实意的人，从此好好过上幸福的日子。看来，妈妈是在操心女儿们的未来啊，而不是在意掉没掉的事。醉翁之意不在酒呀。

有人相爱不知离别，有人相爱就知离别，有人相爱早知离别，有人相爱再无离别。爱是一种多么美好的情愫，却不总是那么恒久。爱，给少了让人淡忘，给多了让人窒息。爱的时候，爱便是牵手，不爱的时候，爱便是放手。可是那么多人有牵手的勇气，又有多少人，有放手的勇气呢。不断相爱，不断离别，这样的宽容和坦然谁人能承受，谁人能做到，又有谁人敢呢？

愿爱是恒久且不被束缚的灵魂，不管离别与否，只要有爱，就好。

枪林弹雨下的红酒杯

　　不久前，旅舍里来了一个新老板，才刚刚认识，正好恰逢七夕，这已婚男人就有意无意地和我讨论起"你们女人喜欢我们男人如何浪漫"这件事，听来有玩笑之意。作为一名对爱情保持着神一般的信仰的常年单身贵族，我当然对他这种一口一个爱情的态度和口吻表示轻视，尽管他是已婚者又怎样，我从来就不觉得恋爱中、已同居、已订婚、已婚等等人士就一定比一个单身者更懂爱情。不敢说当局者迷旁观者清，只是有些事不需要亲身经历，有些事就已向我走来。

　　今年是频繁参加婚礼的一年，加上即将要赴的一场，一共三场。也许有听者要洋洋得意地"切"一番了：三场也算频繁？呵呵。是的，对于我来说已经很多，在漫长人生里知晓自己必定会参与的婚礼中，已经很多。那些曾经与我朝夕相处的姑娘们就要结婚啦，那对于我可不是穿上一套像样的裙子包个红包进场喝个喜酒那么简单的事。有种携手共赴的美好，有种不需告白的告别。

对，就是这样。结婚就是有人在一起了，有人分开了。所谓喜极而泣，我想并不是极喜因而泣，而是喜中满满都是泣。但婚姻自古是美好但又是固执的一件事，必须是喜事，是值得高兴的事。

看张爱玲的《倾城之恋》，是少数的一次抱着希望没有失望的体验。早就听过无数遍的爱情小说，终于相见恨晚，香港、上海、十里洋场、灯红酒绿、老宅、旗袍、妙语连珠、尖酸刻薄，不足以说尽说极我想要表达的那样独树一帜爱恨分明的年代。就像蔓延而去的废墟上一幢鲜明而立的老屋，那样灰暗古老，却又威严深深。之后又看过电视剧，恰好加深了那些在书里一眼扫过的画面。这是故事，不是童话，生活再戏剧再精彩，也是没有文字下、荧幕里的完美无瑕。

这段倾城之恋的主人公——白流苏、范柳原。一个是离了婚的女人，一个是爱人已逝的男人，在旧式社会，离婚的女人就如被丢弃的物品，残花败柳，再有人要就不错了，哪里有你挑三拣四的地方，而白流苏也是几乎认命，却依然没有人家敢娶她这样一个上过头条还会跳交际舞的女人。而范柳原也好不到哪里去，在最穷困潦倒之时遇见的真心相爱之人却在他得到上万亿遗产的时候被迫嫁给他人，最后病逝。深情已逝，想必再有如何美丽的女子也未必能够入他的眼。用何以琛的话来说就是：如果世界上曾经有那个人出现过，其他人都会变成将就。而他，范柳原，不能也不愿将就，同样的，只能被当作某个人的影子的白流苏，又如何能将就。于是，两个明明一见就钟情的人就这样摩拳擦掌你进我退地暧昧着。感情是这样，若是不那么喜欢对方，或许两个人就好上了，可偏偏是太喜欢对方，才迟迟不能在一起。

去了一趟香港再次回到上海的白流苏日夜都想念着这个潇洒倜傥的范柳原，而范柳原哪里又能忘记她那最美不过的低眉浅笑。这个有些小小霸道的男人，不给任何承诺，只是干脆利落地寄来一张去往香港的船票。若是普通女子，她能接受没有婚书承诺婚姻保障的爱情吗？她会去吗？恐怕没有这个勇气。可是白流苏没有犹豫，她似乎就在等着这张船票，好让她能顺理成章收拾行李离开家，去见那个心心念念的人。当两人再一次在香港码头遇见的时候，一句轻轻地"好久不见"还来不及寻味便已迫不及待热情地拥吻在一起。流苏说，我想好了，我愿意当你的情人。

此时若是和平时期，或许你们还可以摇晃着红酒杯和一桌子的朋友庆贺团圆，也可以在屋里灯下互诉衷肠，可惜这是个动荡的年代，家破人亡，逃难失散，在饭都吃不饱的时候，谁还顾得上爱情，还有一杯红酒。枪林似乎就在头顶上空，弹雨似乎就在门口身后，在一处时刻都在震动着的小楼里，镜头从凌乱的地板移到一张桌前，桌上是一本本子，白流苏正席地而坐，写着什么，而我惊讶地发现她的手边竟然是一杯红酒。在战火纷飞，不知爱人是生是死的夜晚，她居然为自己准备了一杯红酒，桌子在震动，红酒在杯中跳舞，我瞬间就哭了。是怎样的一个女子，才能有这般勇气、这般胸襟、这般力量。就像那句"我愿意当你的情人"一样带来的冲动和热情，让人不能自已。白流苏，你如何能做到这样？

一颗炸弹飞来，最后还是摧毁了这还算坚固的小楼，白流苏飞奔进门，以为范柳原已经死在这残垣断壁之下，痛哭不已，不想范柳原此时也正听到轰轰的爆炸声，扔下工活赶回来。他突然出现一下子从背后抱住白流苏说"流苏，我们结婚吧"。对于白流苏来说，只要他好好地站在她的面前，便是最大的恩赐，那些婚姻名分算得了什么呢？而范柳原之前也正是因为这动荡不安生死莫测的境况才不敢妄下承诺。可是此时他却说，"结婚吧，能做一天的夫妻也是好的"。这个男人终于明白，对一个深爱着的女人的承诺并不是太平盛世的富贵，而是水深火热时的相依。古装剧里那些自以为爱到深处的男人屡试不爽地台词就是"亲，你看我现在这样，根本不能给你幸福，为了你好，你还是听你爹娘的话……"说完便转身离去。没有勇气的家伙，却还自以为为对方的幸福推波助澜，功高盖主一般伟大，接着，女主的一生不幸从此开始。范柳原并没有这样，因为他终于知道，能给予爱人最大的幸福就是不离不弃，而他们俩除了对方，也确实是再没有可依靠的人了。

若不是战争爆发，若不是家族颓败到无法撑起的时刻，或许白流苏没有机会跟随徐太太从上海到香港，范柳原也没有机会再续和她的几面之缘，两人更没有机会决定自己的命运义无反顾和对方走在一起。是一个城市的倾倒成全了两人的爱情，是战乱让他们收获了爱情。

是的，一定要这样乐观，否则哪里来的红酒杯、哪里来的誓言、哪里来的相拥相吻？对于白流苏而言，找个还可以又不嫌弃她的男人嫁了是生活，拿着船票远航而去甘愿当一个情人的是勇敢生活；对于范柳原而言，找个不失美色又风情万种的女人排遣寂寞是生活，在怀念逝爱的同时又憧憬爱情渴望家庭的是激情生活。是爱情让他们曾经绝望到以为不会再爱，又是爱情把他们从沉沦的生活里解救出来。再苦的茶，也掩盖不了品茶人脸上那翩然等待回味的表情，再难的境遇，也要在生日的时候找几根蜡烛，唱一首生日快乐歌。那种深入身体、融入血液的安然不惧，竟然高贵了起来。

旅舍住着里一位沙发躺尸，人称凯叔，他时不时地就向我索要冰淇淋，"阿秋，给我买个冰淇淋吧。"一天无数次，随口而出，我不当回事儿，喜欢开着玩笑回答说："这兵荒马乱的，人们连饭都吃不饱，你还要吃冰淇淋？"后来，无论谁来要什么，我不想答应的时候，就回这句，这兵荒马乱的，人们连饭都吃不饱，你……果然一语既出，对方不仅被逗得乐呵呵的，再说不出要求的话来了。你们这些个傻瓜，就算兵荒马乱，我们也要学红酒在小小的杯子里起舞啊。我们对生活、对爱情、对未来的要求和期待，怎么可以因为遇到困境就草草了之，当然包括对一支冰淇淋的渴望，万一实现了呢。

回到开篇时那没有下文的浪漫，如果你没有小公举和小小明那样的阵势却非要说女人肤浅，说了女人肤浅又非要刻意搞出一点浪漫去满足这种肤浅，这种人是可耻的。难以想象平常日子只顾吃饱打嗝出门打屁睡觉打鼾的男人，在七夕圣诞等各种节日送送玫瑰吃吃大餐也能说得上浪漫了？戏剧里的情感虽不完全真实，却还有生活的影子，而真实的生活，却和真实南辕北辙。你说生活就是当下、眼前的样子，我却不以为然。

遇见范柳原之前，已经离婚的白流苏常常这般无奈"就这样吧"；遇见范柳原之后，再也没说过。

go with the wind，be happy in anyway

离开家的前一天，奶奶笑着拉着我的手说："要回去啦？什么时候再来？"我不拆穿，一样笑着说："很快会再来的。"此时，若是这问话被哪个姑姨听了去，定是要佩服得五体投地。可我只当这天大地大，都是自己的另一个家。

可惜，事到如今，不管你愿不愿意，终于还是不得不接受这样一个事实，那就是越来越多的人到了 25 岁还没有对象，到了 30 岁还没有结婚，甚至到了 40 岁还在单身。越来越多的大龄单身青年从最初的以为孤立无援慢慢发现同道中人，最后不谋而合地大喊：不想结婚怎么办？听似无辜无助，其实是对催婚的一种反抗。事实就是事实，就算是我家奶奶如此睿智的问话也无法改变呀。

几年前，当全国第一档相亲节目《非诚勿扰》正式开播，新鲜新颖的内容迅速吸引了几亿观众的目光。那时，每周末守着电视看别人唇枪舌战，牵手失败，是一件其乐无穷的事。而当我们自得其乐的时候，似乎以为大概只有自己喜欢看，并不会想到这样一档帮人找对象的节目居然能受到那么多人的喜爱。也许人们早就该知道，单身、不婚、不生孩子这种事，早就不是什么新鲜事，从我们开始关注这样的节目时就开始了，甚至更早。

在 21 世纪的今天，婚姻早已不是父母之命媒妁之言这么干脆残酷，也不如唯爱便执手天涯这般执着美丽。年轻男女们在婚姻上关注的焦点不再是迎合父母的期盼、培育下一代的责任，也不是彼此是否相爱。结婚的理由也许是年龄到了，也许是遇到一个家境还不错的人，也许是不小心怀孕了，而单身的理由大多是，还没有遇到一个合适的人。久而久之，不想结婚的念头自然而然便冒了出来，如此千不该万不该有的念头，真是让人捉急得不知如何是好。可是，怎么办呢。

这个新年过后，26 岁的我，终于开始发现周围亲戚们不一样的眼光和口吻，开始调侃自己，为自己开脱，开始想：要是不想结婚，怎么办？

而隔壁伯母家的二堂哥更惨，这个新年过后，他应该要 40 了吧。有女朋友，但两个人都不想结婚，不喜欢小孩，这可把我伯父伯母急得发飙。过年回家，不仅要因为此事和父母吵上几句，还要时不时被兄弟姐妹、姑姑婶婶教导一番。虽然他拥有一副看似不老的面孔，可是年龄从来和长相无关，因为缺少了正常人在这个年纪应有的现状，多少异样的眼光包围着他。

而农村的妇女习惯对他人的琐事说三道四，所有不合常规的事便是最好的谈资。每当我妈对着另一个妇女说起他的终身大事，总是嘴角一下撇到隔壁，摇着头郑重其事地娓娓道来，最后感慨伯父伯母如何艰辛才支撑起这个家到现在。而我，既心疼老一辈父母无私地付出，又对这固执不化的思想无可奈何。年龄到了却未婚也许确是让父母操心了，但如此紧紧催逼最后是为了谁好呢。为了维护我哥和自己的立场，我只好直截了当地拆我妈的台：妈，你别去说哥哥了，以后你女儿我也是这样的。她的滔滔不绝戛然而止。

为此，刚刚 26 岁的我还没来得及适应年龄的变化，马上就沦为妈妈口中那个"刚好和你哥哥一派"的人了。然而，尽管她听过许多遍我的"胡言乱语"，却依然像什么也没有听到过一样，继续语重心长地对我说：好好地找个人，互相扶持……听来听去，还是妈妈的"催妆曲"最好听。而来自三姑六婆的好心劝告，"怎么不找男朋友呢"、"是时候啦，可以啦"、"怎么会像这样子咯"、"快叫姨姨去当新娘子"、"以后姑姑还没有侄子结婚快，像什么话"，恍惚得让人以为自己做错了什么。

其实，我和堂哥的情况还是有些不一样的，他是没有结婚的打算，我是没遇到对的人。可惜在她们看来，我们都是一派的，不像话一派。没有人愿意倾听我的解释，更没有人相信在乎你为什么没有对象。置身事外的人总是有很多莫名其妙的发言权，就像看《非诚勿扰》节目那般得意。可是，亲爱的，别太在意，你永远不会成为别人家那本难念的经，大家很快就会各忙各的了。况且，单身派的队伍很是强大，足以"同仇敌忾"了好吗。

某天听荔枝电台，听到一期节目的题目"如何过好一个人的一辈子呢"时，惊得我竖直了耳朵。此电台主播铁定是疯了，竟胆敢把一个人过一辈子这种事搬上台面来，若是不小心被姑奶奶们听到了，还不气急败坏。我很着急，同时又很好奇：真的有那么多"一个人一辈子"，多到可以为此专门做一期节目吗？耳机里那位男主播慢慢讲诉着一位单身阿姨的故事，讲她如何在独自一人的生活中精致地度过，又讲到日韩一些国家的老年人中，不曾结婚的占了多少惊人的比例。淡淡的语气里没有刻意，就像一段事实的陈述直抒，可还是令人错愕地不敢完全相信。

直到在春节期间，看到某天"知乎"上提问的问题竟然是：……不想结婚怎么办？并且，提问下面跟着的回复帖子大多一样，乍一看，真像集体无奈造反。我开始慢慢确信，在中国，也许就在我们的身边，就有那些没有男（女）朋友也不想结婚的、有男（女）朋友却不想结婚的、即将要结婚但想逃婚的，有恐婚而不婚，也有不婚而不婚的人。可是，怎么办呢？两个彼此相爱的人都不能做到时时宽容，更别奢求他人的宽容，也许真的只有时间有答案了吧。别太在意，交给时间就好。

有一句名言说"幸福的家庭都是相似的，不幸的家庭各有各的不幸"，我不会谈家庭，只是自私地说说无数个"自己"：不幸的人生都是相似的，幸福的人生却各有各的幸福。我这样相信。

go with the wind，be happy in anyway.

再见，我的爱人

那天晚上，突然很想听邓丽君唱歌，便问室友是否喜欢听邓丽君的歌，她欣喜地说喜欢。于是，那久违的甜美歌声在小小的房间里荡开，一切都安静了。那晚我们伴着她的歌入睡，第二天又唱着她的歌醒来。

看书、洗漱、上厕所，一整个上午，带着手机，时时醉在她的歌声里。直到中午看到网络上"邓丽君 20 逝世祭"的文章，心上一颤，某种不知该叫作预见、预感还是感召的东西让靠在床边的我瞬间吃惊得目瞪口呆。

那一天，大家都在谈论她，文字、音乐、视频，争相成为各个网站的亮点。世间有多少的不舍别离，最后都以一声"再见"告终，她告别爱，我们告别她。那一天，我觉得她是回来了，受到怀念的感召，她怀念爱，我们怀念她。

音乐里播放着"good bye my love 我的爱人，再见，good bye my

love 从此和你分离"，一曲《good bye my love》，把所有的美好藏在了心里，和所有必须放下的不舍挥手告别。"我会永远永远爱你在心里，希望你不要把我忘记"，几乎要流泪，明明是心中的挚爱，却不得不从此分离。淡淡的告别，轻声的再见，不撕扯不纠缠，然而一曲唱完，似乎一转身便是无尽的眼泪。

她的歌声不激烈亦不舒缓，听歌的人不能随着鼓点快乐点头，亦不能陶醉一般慢慢摇晃身体，只是坐在一角，忘记周围的空间，静静地让音乐流进耳朵，让她丰富的情感随歌声唱进心里，然后在听者的心里荡起层层波浪，涌上眼眶。为什么要说再见，能不能不说再见，不能。可是，很多人明明知道不能、不能、不能，她们仍然一遍又一遍地问。为了这份坚强决绝而心疼，也为那隐秘脆弱的真心而心疼。

再见、再见、再见吧，就让月亮代表我的心。原本被人们赋予深情表白、浪漫爱意的一首《月亮代表我的心》，在她的歌声里竟是"从此要与你分离"一般。"你问我爱你有多深，我爱你有几分，我的情也真，我的爱也真，月亮代表我的心。你问我爱你有多深，我爱你有几分，我的情不移，我的爱不变，月亮代表我的心。"即使对你真心真意，至死不渝，你依然不能相信，我们依然不能在一起，那么，就让月亮代表我的心，在每一个夜晚来到你的身边，伴你左右。"轻轻的一个吻，已经打动我的心，深深的一段情，叫我思念到如今。"即使我们今生无缘，但你已经在我心里刻下回忆，即使知道我们即将分离，但这份情我定不能忘记。

走吧、走吧、走吧，我仿佛看见《醉乡民谣》里窘迫潦倒的男主角，刚刚从别人家的沙发起床，穿着借来的外套，抛弃身后所有属于或不属于他的一切，独自背着吉他离去的背影。他怀着对这个世界的爱，却不得不离开不能使他归属的地方，即使有爱，亦不再回头。那么潇洒，把一切的欣赏、同情、埋怨、憎恨都远远地甩在身后，与他无关。邓丽君也是这样吗？爱到爱不到，得到再失去，统统在转身的那一刹那，变成回忆。如《漫漫人生路》，独自坚持"愿一生之中，苦痛快乐也体验"，宁愿"将欢笑声，盖掩苦痛那一面"，无论如何，"早已决心向着前"。

也许这首被人们传唱至今的经典歌曲《月亮代表我的心》，原本就与表白爱意无关，而是与挚爱的人不得不分离的无奈和心伤。所有的浪漫甜蜜都不能长存，那就继续在思念里永恒。然而，即使是受到伤害的真心真意，她的歌声，依然带给人美好的体验，恰与诗经里的"我心匪鉴，不可以茹，我心匪石，不可以转，我心匪席，不可卷也"异曲同工。我的心不是镜子，不可以美丑皆受，我的心不是石头，不可以前后逆转，我的心不是凉席，不可以正卷回旋。我只保存美好的、向前的、正面的力量。

我喜爱她，不只因那甜美的歌声，更因歌声内藏着的一颗美好、坚强的心灵。哭着走过，笑着感受，最后带给自己的一定不仅是苦痛的路程，更多的是欢愉的心程。

只言片语，不能表达再多。只是不经意听到了一些弦外之音、声外之意，觉得珍贵，不能忘怀。

情人节到了，写封情书吧

　　情人节时问一个同事："你和你的男朋友都是怎么过情人节的呀？"她说："就互相送礼物。""送玫瑰花和巧克力？"我想情人节的礼物无非这两样了吧。她说："一般会送比较实用的礼物，去年他送给我一双鞋。""什么？鞋子？"我有些惊讶。"那如果不过情人节会是怎样？"她低头羞羞地说："看到大家都过，如果我们没过的话会不开心吧。"我差点笑出来。"那圣诞节什么的你们是不是也当情人节来过呀？"她得意地微微一笑："是啊。""最讨厌你们这些人，把什么好玩的节日都过成了情人节。"我恨恨地撇起了嘴，又为情人们的甜蜜而笑出来。

　　记得在懵懂的学生时代，周围的人都在拼命念书的高中时代，那时谈恋爱的同学不仅不能大胆秀恩爱，还会被老师叫去做思想工作。而在我们的宿舍，就有这么一位勇敢的姑娘，及腰的长发、明亮的大眼睛、肉肉的脸颊，走路像企鹅，说起话来一脸天真，傻傻的乖乖女，居然恋爱了。从此，"男朋友"三个字就成我们除了吃饭睡觉大堆作业之外，可供娱乐的话题。

我们在宿舍里"预谋"和她的男朋友擦肩、偶遇，制造各种机会就为了看看这个所谓的男朋友到底是长着一副什么模样，可以让我们宿舍的大美女倾心。慢慢地，我们开始直接称呼那个男生的名字，而不是"你男朋友"，虽然我们和他并不互相认识，却因为室友的关系变得很熟悉，那似乎就是我印象中，第一对见证中的情侣。而学生生活依然被课堂、练习、考试所占据，让我们没有时间羡慕任何一对情侣。在那些奋斗的日子里，我们也默默参与了别人的爱情，当然还有那难忘的情人节。

至今，我都还记得那一年他俩的情人节，男生送了两盒巧克力给她，还约她晚自习后去爬山。大家分着吃光了她的巧克力，又出谋划策晚上约会带什么零食，是不是要带手电筒，月黑风高的，会不会半路遇上坏人。最后，出人意料，她天真地决定带上一把水果刀。就因为这把水果刀，我们从高中笑到毕业，从分别笑到相聚，而曾经的少女，如今已经是一个三岁孩子的妈妈了，另一半也早已不是那个他。不知道结了婚、有了孩子的夫妻，还会过情人节吗？

后来，每年的情人节，我看到的都是玫瑰花、巧克力、交通拥堵、超市打折、餐厅爆棚，还有卖花的大妈和学生，情人都去哪儿了，再也没有人来分享她的情人节。那年有的有情人终成眷属，有的分了手嫁了另一个人，还有的分分合合，跌宕起伏。有人告别了情人，有人收获了爱情，还有人，把情人放在心里，神一般供着，那么神圣。

像很久以前那个为爱而牺牲的基督徒 Valentine 一样。

2.14 情人节，西方人的 Valentine's Day，传说是为了纪念一个名为 Valentine 的基督教徒为爱而牺牲的故事，具体内容不详。虽然故事结局很悲惋，但当中的爱却是浪漫而伟大的。也许要回到爱情最开始的模样，才能发现最真、最纯粹的爱吧。

浪漫的情人节，浪漫的情人，该是令人欢欣雀跃的吧。无论送的是玫瑰花还是巧克力，收到的是围巾还是鞋子，都不及两颗彼此荡漾的心。

情人节到了，不如写封情书吧。

那回不去的林真心，那只剩纪念的青春

谁的青春，不是林真心，谁的青春，又如林真心。——题记

坦白说，在我看来，《我的少女时代》这部电影挺好看，延续着台湾偶像剧和电影清新温暖的风格，剧情不跳跃，很有故事性，没有刻意制造的悲剧现场，也没有让一段普通的初恋陷入万劫不复的悲惨里。淡淡的、静静的、有着平凡人生该有的呼吸，让情感流露的不漏痕迹，又那么动人。

在青春剧导演们拼命自残着剧本里的主角，想比比看看谁更惨，谁更能博得同情，谁更能吸引眼球的时候，林真心和徐太宇的故事就像一股突然流出的泉水，一下冲刷走地上满满的血迹，而之前被叫好的几部同类型电影瞬间遭到挑剔和忽略。称赞《我的少女时代》的观众就像电影里的林真心一样，当遇到徐太宇后，便不再注意欧阳非凡，尽管他看起来更帅，成绩第一，可是我们最终还是会被平

凡和真心打动，而不是非凡。

然而，被感动之后，细细想来，这样一部自诩接地气的平凡人生真的就是我们大部分平凡人的人生吗。也许并不是，也许某些片段更像高中时候的我们曾经那么希望可以拥有却不曾有过的。你很好，却不是我的，这样的青春好棒，却不是我的青春。而我的青春是什么，为什么那些画面看起来那么陌生，又那么熟悉。

我的青春是什么，不可否认，说得直白残忍些，它大概更像是一部高考回忆录。而初恋，只是隐藏在一次课上的不经意回头，一次做题时的出神偷笑，只有节假日才会空余出的期待，是一首时常唱起的插曲。相互喜欢的两个人，常常沉默不语，尽管曾经不动声色地打听过彼此的消息，但从不敢主动询问、关心，甚至连作为普通同学之间的问候都变得谨慎。好想和你好好打个招呼，却总是装作不经意，好想在教室或是操场上遇见你，等到真的遇上了又着急地想要躲起来，听说你生病了真的很想发个短信关心你，却找不到一个除了关心之外的理由，好想你也有一个喜欢的人，这样子，我大概就不会再想起你。初恋大概更像是一个情人，一个不能在高考这个原配面前光明正大走出来的美好情人。

若是一切如电影所演，男女主角可以随时随意找到彼此，可以一起逛文具店一起学习一起约着去露营，那样大胆的鼓励，那样充满笑意的眼神，也许一切早就被同学看出端倪，早就被老师叫到办公室做思想工作，早就因同学们的玩笑而脸红，早就惴惴不安不知道多少回。而当时的我们是那样害怕被别人知道自己的心事，尤其是那个喜欢的人。那时候的我们没有早恋的勇气，甚至不敢显露一丝丝的痕迹，不敢在学习上分心。我们好像把所有的力气都用在了题海之战，把所有的勇气都用来实现理想，而喜欢的人，拜托等一等。

是啊，等一等好吗，等我来告诉你，同时也等你先来告诉我。可惜，终于等到你开口的时候，我又想逃跑了。我介意你还没有给我写过情书，还没有给我买过早餐，还没有在宿舍楼下等过我，还没有送过我礼物，还没有完成那么多想象过觉得理所应当的事情。等到喜欢的人也喜欢我了，一个个期待过的美好又变成了阻隔。内心里满满都是"我"，那么自私，又吝啬地不肯告诉，依然期待着他不用言传便可意会。可是他好傻，好像永远都不会知道你的心思。其实现在看来，我也并没有聪明多少，简直幼稚极了。

后来，我常常觉得遗憾，遗憾喜欢你的时候，时间还早。遗憾因为太早喜欢你，因为害羞和胆怯，不敢和你说话，不敢和你成为朋友，不敢和你一起玩耍，遗憾我们认识了那么久，却好像从来没有认识过。至今，我都不能明白，为什么明明那么容易就能靠近的两个人，却一直隔着那么远的距离，远到坐在窗户边的我明明看着老师的时候就会看到你，却始终走不过去。如果时间可以走得慢一点，我可以先认识你，慢慢从同学变成朋友，慢慢在打打闹闹中发现自己的心意，那些猜测会不会就能迎刃而解，属于我们的回忆会不会更多一些，结局会不会不一样。

原本以为我们已经长大到会更喜欢那些血腥残忍带来的刺激，不理解为什么台湾的作家九把刀，一个大男人却永远都在写些小情小爱，台湾的偶像剧，为什么依然是十年前的样子，而最后，我们还是会对号入座到《等一个人咖啡》里，还是会被这些无知幼稚的情节击中。当我们用年龄和经历来隐藏起曾经有过的少女心，以为自己应当成长为一个成熟的大人，却依然经不住一部电影的轻轻试探，藏不住一个喜欢过而没有结局的人，假装不了一个淡定理性的自己，瞬间泪流满面。

《小幸运》里唱到：与你相遇，好幸运，可我已失去为你泪流满面的权利。这也是我已明白的，我将从此失去你。好像那个原本握在手里的人突然走了，与你再无关系，就连为你而流泪都变得自作多情而显得多余。歌词好细腻、好入心，因为在那个两人不能有更多交集的时代，为你而流泪是一件甜蜜的事情，一件好像哭起来就能跟你扯上关系的事情，甚至是一种很暧昧的行为。坚信"我一定是跟他有关系，才会为他哭的"，由此沾沾自喜。可现在，我已失去为你泪流满面的权利，最卑微的权利都已失去。

有多少人，是那回不去的林真心，就有多少人，是那回不去的徐太宇。过了那么多年，我还是很懦弱，还是很希望遇到你但又不敢面对你，更别提那句"好久不见"。也许你自认为已经跌跌撞撞从悲伤到释怀，而我为什么觉得自己始终都在起点，从未挪开半步，只是看着你一步步向前奔跑，努力要追上另一个正在奔跑的我。一切都已回不去，因为你已走远。

祝福你在我看不见的天际，你张开了双翼，遇见你的注定，她会有多幸运。

第四章

当我和这个世界无话可说

深呼吸，然后闭上了眼睛

　　无数次走在距离住处一公里左右范围内的马路上，不能正常呼吸。拥挤的交通、乌黑的河道、浑浊的粉尘……让人窒息。可是，每个周末里，每当在房间呆久了，还是自然地想到外头透透气，可惜啊，当我走到马路上时才想起，这条路已经让我无法呼吸。

　　小区外原本有一家琴行，不久前转租，昨天看到有工人在换招牌，抬头一看，竟是一家干洗店。店门口另一个工人正用电钻对着一块木板使劲压，刺刺作响。这条路上在我看来唯一好闻的一家店终于也逃走了，从此，我便一出门，除了红绿灯，无望。

　　离小区最近的红绿灯，是每天胆战心惊的开始与结束。宽阔的十字路口，走到对面要30秒，刚好绿灯结束。在这30秒内，我必须精神集中，左右来回看，只求转弯车辆上的司机不要分神，放慢些速度，让我们能安全通过。在这样拥挤的环境里，再去追求速度，只能把行人逼近末路啊。

　　终于幸运地安全抵达对面的马路，不幸再转个弯便有一股来自河道的臭气迎面袭来。那条河里的水是黑的，水面还浮着一层凝结起来的泡沫，而河边那家大排档依然每晚生意兴隆，一个个男人在塑料帐子下围一桌喝酒吃肉，吃喝玩乐后的垃圾堆在桥边，不知道夜再深一些的时候，这些垃圾是不是也干脆送给了那条河。经过这里，屏住呼吸不行，捂着鼻子不行，不知道附近的居民要怎么生活，难道就这样放着不管不顾吗？好像所有人都在忍受，等着谁站出来。你看看我，我看看你，面面相觑。

　　害人的武器不会只有一种，刚刚躲过这条黑河，马上就被汽车尾气和飞扬的粉尘包围。是的，是包围。遮遮掩掩着来到公交车站，有人在吸烟，有人往树下丢垃圾，多希望公共场合全面禁烟，多希望我有勇气捡起垃圾还给它主人。我等的公交车为什么还不来，曾经看见公交车就想吐，如今却觉得只有公交车可以隔绝这一路的肮脏和混乱。虽然搭上了公交车，也只是在以另外一种方式加入到混乱当中，但好歹像披上了一层盔甲，我承认自己脆弱不堪。

　　福州有名的上下杭路，古老的建筑摇摇欲坠，每天经过这里的人无论如何也不会把它和旅游景点相结合。脱落的外墙、破碎的玻璃窗、倾斜到需要外加木头支撑的屋子，哪个游客会不要命跑到这里来取景。风烛残年，注定是要衰败至尽，可是每天来来往往的人还要活着，先不要把人吓死了才好。

　　车辆行人互相撕扯的路上，红绿灯形同虚设，明明已经够浑浊的空气里，还有小贩把烟囱对着大树在烧烤，而就算是路边的油炸，还有人吃得津津有味，真是随心所欲。汽车驶过的呼啸声、喇叭声、刹车声、店内的音乐声、叫卖声，真的已经够嘈杂了，还有人撕心裂肺地在电话里和对方嘶吼，还有情侣在路边吵架。我们的环境已经够差了，所有想要从嘴里吐出来的，从手里丢出去的就不能交给垃圾桶吗。你也知道恶心，那为什么还要去恶心别人呢，为什么要互相恶心。

无数次走在这样的路上，安全感消失殆尽。我总是会想，这块砖会不会掉下来，那辆车会不会冲过来，再吸一口这样的空气会不会中毒。这样的环境，让我无法呼吸。然而，当我捂住鼻子，捂住耳朵时，为什么还有人可以在臭气熏天的河道旁吃大排档，还有人在尘土飞扬的马路上买串串。当我必须眼观四面、耳听八方时，为什么还有人胆敢翻越栅栏、穿越红灯。为什么还有那么多人觉得：不会啊，还可以啊，可以忍受啊。在这样的快餐时代，任何方便、快捷的机会都比生命来得重要，我们的广大人民正兴致勃勃地体验着新时代自由的风。

羽泉的一首歌里唱到"深呼吸，闭上你的眼睛，全世界有最清新氧气"，对于我来说，这简直是做梦。首先，我是断断不敢深呼吸的，其次，若是一不小心深呼吸了，也许真的就闭眼了，然后，就没有然后了。我知道，个人的力量很小，但至少做好自己。

世界不会更加美好，明天不会更加美好，如果这些问题不仅一成不变，还往坏里钻。想到那些平常乱扔垃圾、随地吐痰的人在新年到来之际还会一脸虔诚地许什么变得更好的愿望，就觉得滑稽。每天都身在呼吸困难的境地里，要怎么去实现那些美好的愿望。

走在路上，轻声哼着"深呼吸，闭上你的眼睛，全世界有最清新氧气……"，想到会加重呼吸，我甚至不敢唱出来，也再不敢一路走来一路歌。

当我和这个世界无话可说

一个月的时间里，从福州到厦门，又回到福州，从闭关复习英语到现在——闭关等小孩子放学、做饭。考试综合症还未过去，打算远行的车票还没来得及买，人生的混沌和头昏脑热一起袭来。突然，一个电话，瞬间决定了我暂时的去向。这个世界，从来没有打算与我和解。

来到哥哥家的第二天早上，和他一起送小侄儿上学，带着他摇摇晃晃进了教室，出来一回头，便看到女老师提着他肩上的衣服把人拽着到座位上。我以为是自己的错觉，不以为意地走开。可是刚刚走到幼儿园门口，便深深地记起那只手和衣服的触点以及衣服被提拉的僵硬，像吊起了什么。早晨时因为被逼着穿衣服、裤子而哭过的小脸在老师的拖拽下显得更加可怜，可怜极了。想起电视剧里那黑暗的地下室，与外界隔绝的可怕，而在幼儿园的某个角落里是不是也发生着不为人知的什么呢。我揪着心，世界再一次不愿与我和解。

　　因着女老师的粗鲁动作，我在菜市场对着一堆菜放空了很久，找不到思想的出口。随意挑了几样看似精挑细选过的菜，付钱离开。一大把长长的空心菜，撅着屁股在小小的袋子里，并且，不同种类的所有蔬菜共处一袋。摊位前突然来了几位顾客，老板娘几乎没有时间整理好我的菜就去招呼她的老顾客。离开菜市场没几步，那一把空心菜几乎要翻个跟斗从菜篮跌落下来，这时我才发现那老板娘让我的菜憋屈得如受了奇耻大辱一般。我抱着它们，决定再也不去那妇人的摊前。我们的身边，充满了太多习惯打量前人高低的贼眉鼠眼，无法和解。

　　不窄不宽的巷子，不停地有女人推着婴儿车来来往往。本该是悠闲喜乐的画面，我却看见无数恶魔朝着这些孩子蜂拥而来。无一角落幸免的街头被厚厚的灰尘覆盖，车辆一扫而过让人忍不住扬起手捂住嘴鼻，可是那些孩子呢，依然在摇篮里快乐地呼吸着。这个被大城市遗忘了的城中村，不过和外面的世界隔着一条宽宽的马路，却仿佛被甩出了千万里远。我看着那孩子，觉得她像个睿智的大人，不紧不慢、不声不响地看着这一切的发生。于我，还是不能和解的事实。

　　想说怕说的话都不说了，该做不该做的事都算了，睁一只眼闭一只眼过去吧……终于，我也开始一点一点妥协、撤退。可惜，并不是所有的事都适合退一步而海阔天空。如果人人都懒得去计较该计较的，争取该争取的，我们的生活也太可怜了，在没人收拾的境地里一点一点腐烂。

　　想想那被游客们攻陷的厦门大学，想想那如外星人一般乱入地球的自拍神器，想想我们的生活真的因为这些科技而变得丰富多彩了吗，还是一个逐渐取代了人和人之间最脆弱的语言接连。批量生产的产品，批量生产的消费者，批量生产的大妈吆喝：自拍神器要不要来一个哩？听得我好似穿越了一样。朋友说看到这么多人在用自拍神器，觉得非常可怕，却又说不出理由来，问我是否有同感。是，我深表赞同，所有的美不胜收变成了精心策划后的矫揉造作，人民自力更生的品质在此以一种扭曲的状态淋漓展现。有人说，人与人最好都彼此冷漠，有的人正在不知不觉做着这件事。而麻木愚昧，又是我想要质问这个世界不愿和解的原因。

当下，我突然感觉有一股强大的力量在逼迫着我的亲人朋友低头妥协，同时也为他们的不能反抗而心疼而理解而遗憾。有所追求，有所失去，有所追求，有所付出，也许这，就是一种必要付出，或者说无法逃避的付出吧。可是，尽管我知道，有时候这个世界简直残忍无情麻木不仁让人讨厌透了，尽管我知道，有时候我再怎么反感，它也不会再作出任何和解的意愿了，我还是要抬着头，昂着头，即使脚步不能向前，也要保持向前的姿势和准备。能和解，便私了，不和解，我也有自己的武器。

亲爱的，我们真的要一直被当作傀儡随波逐流，甚至同流合污吗？我们真的愿意还未开战就丢盔弃甲，当一个被俘虏的奴隶吗？真的就这样了吗？我不相信。

当我和这个世界无话可说的时候，冷战和解。

抬头挺胸，当我和这个世界无话可说的时候。

看见了，就是希望

从去年四月至今，在我生活的大部分时间里，走出家门的我觉得无法呼吸。可是，看了他人的反应，听了他人的看法，我怀疑是自己过于敏感。于是，我无奈又肤浅地写下我的一天是呼吸在如何无法呼吸的环境下，题目叫作"深呼吸，然后闭上了眼"。因为以我的自身感受来说，确实如此。而当今晚，时不时颤抖着看完柴静《穹顶之下》的演讲之后，我甚至觉得"无法呼吸"都显得轻描淡写，那些简直就是毒。而我见过她在演讲中所提及的那次可怕的毒，可是在当时，我竟只觉得那是北国风光的一部分。

时间往前推移，2013 年 9 月，我第一次来到北方，来到哈尔滨，那是那年旅行的最后一站。我抱着想要看雪，想要体验北方供暖，想一览北国风光的愿望在一家青旅里等待着，那是我打工的地方。终于在十月份的某一天，哈尔滨开始全城供暖，我兴奋地脱下羽绒服在大厅里来来去去跑动着，兴奋地用手去触摸地板，感受神奇的地暖，兴奋地在洗完了澡穿着短袖出来。而第二天，哈尔滨的天空就灰了，是雾霾。《黑龙江晨报》的头版头条大大的文字写着哈尔滨的空气质量为全国最低，能见度不足十米。我依然很兴奋，想着全国雾霾最严重的不是北京吗？我这一趟，把哈尔滨不知道多少年都不曾有过的"第一"都赶上了，果然不虚此行。

白天，青旅的厨房大姐还是如往常一样出去买菜，只是那几天买菜回来时都会皱着眉头说外面的街道到了如何看不清的境地，我们的老板大哥每天还是照样来看看旅舍是否有哪些问题，入住的旅客也没有变少。而对于我们几个前台妹子来说，只要关上门窗，外面的一切似乎丝毫不会对我们的工作、生活造成影响。如果是出于好奇，倒是可以出门走到街上去体验一番，我就是这样，近乎是欣赏眼前的"景色"，完全没有感受到空气中的颗粒正在伤害每个人的生命。看了柴静《穹顶之下》的演讲，她提到了那年哈尔滨的雾霾，我才发觉当时我所欣赏着的，有多少人正战斗其中，我所认为的一件多么平常的事，其实特殊到居然成为一件重大的污染事件。回想起来，在那样的日子里，我不仅没有愁云惨淡，反而兴致满满。一个南方人，如我，到了北方，实实在在成了自我陶醉的傻子。

之后，也不知道如何，雾霾渐渐离去。再后来，流行各种西北东南风，人们兴致勃勃地欣赏着雾霾是如何游览大中国。大部分人的潜意识里，似乎根本没有在意过，这是多么严重的环境污染。

时间继续倒回，是倾盆大雨里的重庆。灰蒙蒙的天，是阳光无法照射下来的西安，层云笼罩。尤其是西安，让人压抑。朋友雷子习以为常地说，西安，大部分时候都是这样。她是适应并且爱上了这座城市，才能这样淡淡地描述它，而对于在那儿待了不过三天的我来说，不会有再来的想法。

最后，时间回到大理。不用多说，看不尽的蓝天白云、湖水鲜花。尽情消遣的人也许不会想到这样美好的地方正在惨遭毒手，从遥远的四面八方而来，慢慢地、慢慢地，侵蚀着。

我不能记住那些污染物的名称，也说不出它们如何在伤害人们的身体，连环保局什么局是什么干什么都不清楚。尽管认认真真地看完了演讲的视频，也不能将内容表述出来，哪怕一半，只是时不时被真相击中而打起寒战。台湾有龙应台的《野火集》，大陆终于也有柴静的《穹顶之下》，她们都喜欢铺陈直白、干脆利落，只是龙应台把不经意的柔弱渗透到了文字里，而柴静的则全部流露在眼睛里。我想，《穹顶之下》会像《野火集》一样，影响未来几十年、几代人，甚至比"野火"还要厉害，烧得还要火红。

感谢柴静做的这件事，让我"看见"，让我对清新空气，开始有了希望。

在一座渐行渐远的城，和它渐远渐近

　　这是我第无数次来到厦门，来来去去，从来没有好好开始，又总是匆匆离去。它曾是我心中福建省最美的城市，是下定决心毕业后唯一想要留下来工作的地方，是旅行时向来自中国各地的驴友们介绍福建时的标杆。

　　这是我第无数次来到厦门，从上大学起到现在。曾经，我与它擦肩而过或是回家或是返校，从没觉得这个地方会吸引上万上百万的人。还记得，和大学室友第一次集体旅行来到这里，晕车的我只顾靠着室友的肩膀晕头转向来到一个又一个景点，宽敞、安静、清新、舒适，让我们流连。那时，无数次的机缘巧合把我带来这里短暂停留、暑假工、打工旅行，也因了这个美丽的地方聚集了家人同学朋友，竟也觉得和这个城市有了莫名的靠近和连结，说"来到"似乎显得陌生而不恰当，而说"回来"又显得牵强套近，思来想去，终于觉得"探亲"最是恰当不过的表达。

依稀记得跟着班里的小剧组二次来到厦门，第一次见到鼓浪屿时，便迷上了。红砖房、万石别墅、古早小吃、新鲜玩意儿、沙滩、海风，聚集在这样一处飘散着浓浓文化以及文艺气息的小岛上。那时便心想，若是可以住在岛上该多好。两年后，任性的我自作主张，以打工旅行的名义果真如愿在岛上居住两个半月，终于过瘾了，但也过了瘾，不再有当初停留的念想。人群拥挤下的喧嚣、吵闹声成了鼓浪屿的日常，而一切原貌本真的美好全被掩盖在烟雾缭绕的烧烤中、震动刺耳的喧闹声下。幸好，还有图书馆、音乐厅和夜晚的海岸，陪我度过了在岛上最美妙而动听的时光。

到了大四实习那年，因为同样喜欢五月天而认识了一个正在厦门义工旅行的男生，因为他，我第一次发现了厦门还有个叫曾厝垵的地方。两年之内，这个有着好听名字的海边小渔村因为艺术家、文艺青年们的到来而被戴上"文艺"的帽子，一瞬之间，这个拥有了明确主题的小村子引来了一波又一波目的明确的游客，他们来去匆匆，到此一游。可我脑海中的景象却依然停留在那条只有一家叫作"晴天见"的冰淇淋店，只有一家叫作"找茶"的甜品店，还有一家沙县小吃，大部分房子还住着村民的安静街道上。那天，我约上家住厦门的五迷土豆去见这位在"找茶"店义工的男生肥肥鱼，小小而温馨的小店里坐着我们三个人，穿着stayreal长袖T恤的肥鱼、穿着家居拖鞋在我们的要求下抱起吉他唱歌，我听着歌，偶尔看看他，偶尔看看门外，熙熙攘攘走过两三人。初秋中午，附近的居民大概都在忙着午饭，小孩子还没放学，从海边走来穿着长裙的几个女孩大概有种误入藕花深处之感，听到小店里的吉他声，轻轻探头。那时的曾厝垵太安静了，只是一个身子的闯入大概都会觉得是一种打扰吧。

于是又一年的旅行归来厦门，我抛弃了鼓浪屿，再次以打工旅行的名义回到曾厝垵，而那时，它早已变了样。村口处开始有了卖水果的小摊，进村之后发现街道两旁充满了各式各样各具风格的精美纪念小物品和饮品小店，乍看之下还很清新漂亮，犹如缩小版的鼓浪屿，而那开着大门立着"今日有房"的招牌客栈更是无孔不入，吞噬着行走在大路小路、街头巷尾、犄角旮旯处的游客们。曾经需要四处寻觅找得一处留宿的静谧，变成了两步一店十步一宿，人们开始对比开始徘徊，开始花上比寻觅还要多的时间来犹豫。商业的气息弥漫着这个人们幻想中的淳朴渔村，来时带着期待，走时拖着鄙夷，念着这里的一个老板包揽了多少家店面。有残忍的人，就有这样残酷的现实。但无论如何，虽然它模仿了鼓浪屿的样子，至少小资有样，文艺尚存。

这是我第无数次来到厦门，狼狈逃离鼓浪屿、愧疚避开曾厝垵，来到了之前从不曾听说的仓里。当有一天，有个客人问我"曾厝垵在哪里"，我说"出了公交站路口，过马路直走十分钟就到了"，客人惊讶地说"就是那个小吃街吗"，这回换我更大的吃惊，暗藏一丝冷笑地说"什么？小吃街？你说的是中山路吗？曾厝垵是厦门有名的文艺小渔村呀"。客人有些蒙，我们互相摸不着头脑，交换着疑惑。

直到那天下班，当我再次来到曾厝垵，一眼望去，吃惊、失望从看不见的远处街角袭来。这里果然除了小吃，除了游客，就是吃着小吃的游客，甚至连街都看不见。那时，我终于明白为什么那位客人把它称为小吃街。那么肮脏、那么赤裸，像"小吃街"这个称呼一样，由不得人一丝委婉含蓄。厦门，在沦陷了一处又一处安静而美好的角落之后的现在，好似行尸走肉。

每每忘却那里嘈杂的吆喝声、扑面而来的油烟味以及路边从垃圾桶里散落满地的剩菜汤汁，一再一再地在伙伴们的呼唤下走向那里，最后总是屏着呼吸捏着鼻子恨不得立刻冲到出口。曾经阳光蓝天拥抱着的桃源俨然已成围城一片，外头的人想着进去，进去的人只想出来。新建的天桥、新立的牌坊，一切都只为了方便更多的人来到这里吃喝购物。过分开发的旅游让满心欢喜期待的人们被主动、被牵引、被麻木，不需发现、不去发现、没有发现的行走只能是游街示众。

迷恋过鼓浪屿的美丽，享受过曾厝垵的静谧，如今蜗居在这个连出租车司机都不能轻易找到的不知名村子里，只求简单安静。清晨有鸟鸣可听，路边有果子可摘，早餐有五角的馒头，隔壁有八十年代的理发店，对面有认真做面爱唱歌的大叔，隔壁是沙茶店鲜肉店长，一家卤味，两家沙县，一扇庙门、一座戏台，村民家门口的石阶上还晒着干果。而旅舍里，有热心矫情的老板、冷面可爱的前台、安静细腻的室友、来自湖南河南广东重庆东北四面八方活泼可爱义工、聊嗨了就不想走的住客，彼此认识了，笑过了，静静待在一处，就很安心而温暖。

想起一句曾经觉得充满了悲观但其实是乐观的话，大意是要在这个残酷的世界里找寻那尚存的美好，如今想来发觉其中的"残酷"并非悲观，也许正好反衬出了一种更加宽容更加憧憬的乐观。明知残酷，却还要尖起触角去碰撞，明知仅有尚存，依然向往着想要寻找。这算不算是一种偏执的勇气呢。

瘦瘦的小人，瘦瘦的心，瘦瘦的梦，真的，像静茹唱的一样，一下子，就满了。喜欢过、痛心过、期待过、失望过，最后一切都似水流过，我们用被情绪翻滚摩擦过的心小心翼翼捧着剩下的感动，依然开心得像一朵绽开的花，跌跌撞撞，在人群里芬芳。

放下手机，和人类恋爱吧

有一天，我坐在旅舍大厅里，不时抬头环顾四周，真安静。大厅里坐着五个人，一个在前台对着电脑，一个在旁边的沙发上看着手机，和我一起坐在长沙发上的两个义工一个玩微信，一个看电视剧，我随意凑过去想瞄两眼妹子所谓的制作精良的网络剧，结果还是被卡带的网络扫了兴。大厅真安静，五个人却聊不出一句像样的话来，我坐直了身，翻开沙发边上的书，看了两页，突然觉得，真吵。

川菜饭馆里，同样的一小桌五个人，四男一女，从我的位置望过去，一个男生低头说话，左手边是手机，右手边是平板，双手指点江山，日理万机一般完全空不出眼神来和同伴交流。饭菜上桌了，他们的桌上没有筷子，他伸手到隔壁桌子的筷筒子里抽出一双筷子，然后撕开自顾自地吃起来，斜后侧对着我的女生转身从身后的桌子上把整个筷筒子拿过来，给其他人一人分一双。我宁愿看着那一对躺在桌上像尸体一样的手机和平板，也不愿看一眼它们之间的那个物体。手机原本应是用来问候身在遥远地方那我爱的人，如今却成了人们百无聊赖下的消遣。一方面人类越来越无趣，另一方面手机自身也不再洁身自好。

常常接到这样的电话，说"我明明跟着导航怎么还是找不到你们旅舍呢"，我说"你可以看手机里我们发过去的路线，或者问一下路人"，对方回答"好吧，我再找一下"。这个时候，对方基本都在附近，但是我走不开去接他，也不愿意。因为有的人宁愿相信导航，也不看我们发过去的有些长但是非常具体的路线信息，宁愿走了弯路再走出来，也不愿开口问路人，最后把因自己的呆板而导致的狼狈怪罪于旅舍的位置偏僻。天地良心，出门转三个弯只要一分钟到达公交车站。接着又有人怪罪于路"你们的路不直"，我只能"哈哈哈哈哈"，眼泪差点要掉下来。

一群人集体旅行，非常顺利地找到了我们旅舍。十个女生陆续进来占满了大厅，热闹地让人忍不住开心起来。接着，人群中一个女生收集好大家的证件来到前台办入住，而其他人，全部在连Wifi。我发现，再累的游客，看到了Wifi都会瞬间精力百倍，一路的疲惫烟消云散。真的是人群中最显孤单，反而是独自旅行的游客最能享受说话的乐趣。手机在带来便捷的同时也带来了很多不需要的便捷，让人不得不抱着享受便捷的心态其实在浪费时间。

曾经我们去任何一个陌生的城市，从来没想过需要一个可以导航的手机，连地图都懒得买；曾经我们去再远的地方也不会想要充电宝，为了省电反而会减少使用手机的时间；曾经我们聚餐的时候，连手机都不会响一下，不像现在每个人握着手机，回不完的信息；曾经一部手机里只藏着一个爱人，只为一个人思虑犹豫踟蹰等待，不像现在手指忙得不可开交，说过的话打过的字却像个屁，皱皱眉头偷偷笑笑也就完了。当然，不能否认，手机真的是一项伟大又可爱的发明，不仅可以聊天看剧玩游戏，还能点餐打的谈恋爱。可是当人类反而被手机使用，被聊天被看剧被游戏被点餐被打的被恋爱，尸横遍野……我真的有些怀疑，这是不是外星人毁灭地球的一项计划呢。

手机的强大功能正好迎合人类的贪婪，什么都想要，什么都想沾一点边，想在同一时间同时进行 N 件事情，其实这也没什么。可是当有个姑娘从朋友那儿听说了我，特别来找我聊天的时候，当我为了写信特意找了家咖啡厅的时候，当我再次参加了趁早读书会的时候，突然发现在过去的这段大部分时间里，我和周围的人的似乎不能好好说话。于是，那些好好说话的时刻变得异常突显，像是一种奇怪的收获。我为这输给了手机的人情感到难过，为这周围慢慢散去的人情味感到难过，为眼前的人不愿开口，开口即是得心应手的敷衍谎言而难过，为人们迷恋朋友圈里的所谓真情而不能好好谈情说爱而难过。有时候真想呼吁一声：来人呐，和我说说话吧。

真的！来人啊，和我说几句真诚的话吧。放下手机，和人类恋爱吧。

人身尚且安全，思想已被绑架一空

有多少人，在遇到不公平对待的时候，首先想到的就是现实如此；在感情受挫之后，用来自我安慰的还是看清现实。有多少人，在倾听了对方类似以上烦恼的倾诉时，又总是一副无奈一阵叹息又理所当然地安慰对方认清这糟糕的现实。

难道这个世界只有你们在受伤吗？而伤了你们的人自然就被列为那厌恶又无奈的现实了？偶然听到两位小伙伴之间的互相倾诉和安慰，心里很慌张，如果连心地善良的人们都开始把一切苦痛归咎于不可跨越的现实，那么我们的生活不可能越来越好。如果我们的心里已经认定了这个很现实那个很现实，那么最现实的，也许恰恰是自己。

其实是刻意站在门外，想听听院子里两个小伙伴正在认真地聊什么忧愁的事情。只是想听的时候，烦恼的姑娘已经倾诉完了，只听见另一个稍微年长一些的姐姐正在分享着一大段道理，就像传授自己人生经验一般。她说得有些大声又着急，大概是希望对方不要藏着心事，可以快乐起来。之后又从两人的对话中，大概知道了事情的原委，只是不清楚是爱情变了心，还是友情变了意，总之就是原本相处很好的两个人，其中一方渐渐地不像从前那般用心和珍视对方。而我既希望有人可以打开这位性格偏于内向的姑娘的心结，又难以接受这番劝告他人"看清现实以获得内心释怀"的论断，虽然它乍听起来那么有理有据，虽然它确实能安慰到一颗受伤的心灵。但是，但是，作为一个旁听者，我忽然很害怕，一个人的伤是痊愈了，可是她的心却僵硬了，也许这个人之后可以更加容易的释怀很多不如意，但也越来越容易失去一颗赤子之心。

或许她们只是简单的交谈，并未联想太多。是我的思绪钻得太深，莫名浮想联翩起这些悲伤来。可是，不能不否认，很多用心良苦，其实是一把利器。

就像一位父亲告诉孩子千万不要扶老奶奶过马路，这个社会太乱了；就像一位母亲叮嘱孩子千万不要和陌生人说话，因为很多坏人；就像一个从来不敢独自出门旅行的人，总是对自己说外面太危险；就像一位受过情伤的人对朋友说，男人这种东西，千万不要相信。感谢这些前车之鉴，感谢那些"切勿重蹈覆辙"的提醒，感谢你们在教我看清现实的同时，还不忘鼓励我即使如此也不要妥协。我不会妥协，因为我从来不曾刻意去看清什么，而总是对他人千叮咛万嘱咐的"过来人"们，其实你们，早就妥协了。很担心，那些被"被伤害"教育的孩子，将来会成为一个如何冷漠的人，会如何随波逐流，沦入当年父母所描述的恐怖里，成为现实的一部分；那些被"被伤害"灌输的单纯人儿，将会如何流尽身上的鲜血，一点一点流掉尚且保有的赤子心，变成当年的自己所看不起又只能生吞活剥的现实。

当你在劝慰他人或是自己看清眼前现实的时候，殊不知，或许自己也正在成为别人试图努力看清的现实。当一个人想要努力看清周围并庆幸自己还未同流合污时，他已经在流向这片污池。这个世界之所以有这么多的不美，不就是恰恰因为有那么多不美的人吗？为什么我们不先做好自己，做一个诚实的人，做一个美丽的人，至少让与你接触的所有人少一份需要看清的无奈现实。

看清别人，不如先看清自己。你以为有人叫你"善待自己"、"学会爱自己"，就可以肆无忌惮爱到盲目了吗。特别是自恋的人们，既然已经爱够了，就不要再缠着自己啦。

想起月初时，和学姐在牛排店里吃饭聊天，不小心聊到敏感话题，她一下子红了双眼，我手忙脚乱抽不出纸巾给她，自己也哭了起来。两个人对哭的场景，其实挺搞笑。记得特别深刻的是，她哭着对我说，"虽然非常不愿意让你也去经历这些，不愿意你也受这样的伤，但又想鼓励你，按自己的想法去尝试，不要对所有事失去期待"，大意如此。多么感谢她的不绑架和宽容。

又想起龙应台的一本书的书名——孩子你慢慢来。我也想说，放开 TA，谁都不要来。

求一个结果

常常会听到一句鼓励人的话：凡事平常心，只享受过程，不求结果。对于一个事事到头来都不太顺利的人来说，这确实是金玉良言，美好的风景都在路上，只要努力过，何必在乎结果呢？可是，应了这句话，我们真的就能潇洒地上路，哪里精彩哪里停驻，哪里跌倒哪里爬起，真的不去求一个结果吗？哪怕是好是坏，我想，都要死磕着。

新一集的《匹诺曹》如期而至，深夜观看，热血沸腾。剧中两家电视台在对信息的报道上终于出现了分歧，像两个互相比较、互不相让的人，总要有一个最先看到自己的方向，走自己的路，才能结束这场愚蠢的战争。一件是常见的火灾事故，一件是举国同庆的奥运赛事，对于媒体来说，应该把目光聚焦在哪里呢？是还事件一个真相，还无辜受害者一个清白呢，还是迎合周围环境的走势、迎合观众的口味？当幕后黑手想通过新话题来遮掩人们的眼睛，趁机淡化观众对真相的追寻时，绝大多数人也只是麻木着习惯被他人牵着鼻子走罢了，幸好还有人能在狂热的追赶中冷静思考，坚持着死磕着一个尚未得出的结果。

原本热烈的奥运赛事、原本冷门的火灾事故，在编剧、导演的任性和电视"蒙太奇"的剪辑之下，冷热交换。导演把大部分的镜头推向了充满正能量的火灾事故报道，一个个报道画面快速转换相接，有条不紊，看得人着实过瘾。虽然现实之中，要查清一件事实的真相，要历经的是一个何等困难又繁复的过程，但总要出现几股正能量，让希望散发着光芒吧。不被喧嚣迷雾所迷乱，坚定着一个信念，为求一个结果，真是太帅了。

差一点因为更新太慢而失去耐心，差一点因为听说有更好的就"移情别恋"，快别说差一点了，在这快餐节奏的当下，多少人连"差一点"的时间都没有，就随波逐流，纷纷开启新篇章。剧中达布哥哥有句话说得好，他指着达布的心，说"你的这里是热的"，又指着他的脑袋说"还好这里是冷的"，而别人正好相反。

一部剧还没追完，新的一批电视剧席卷而来，不知道又因为哪个长腿欧巴，我们含泪不得不草草地和前任仰慕男神说再见，追起了新欢，换了新老公。一部电影刚看完，还没来得及记住一些新面孔，吐槽一下剧情，人们已经在讨论接下来即将要上映的片子了。就算是这一刻惊天地泣鬼神的新闻，用不了几天，看着吧，都会一一被新的"惊天动地"无情取代。在这个信息瞬息万现、铺天盖地的时代，我们来不及思考，来不及叹息，来不及感动，来不及知道结果，就已经被莫名的花红柳绿挡住了双眼。我们是信息的垃圾桶，别人给什么，就吞什么，而且只会吞不会吐，直到被垃圾淹没，连桶都看不见了。我们都在习惯走一个过场，自以为蛮精彩的过场，结果便都不了了之了。

过程很精彩，结果很惨败，我们可以安慰自己：努力过就好，结果不算什么。可是，如果连结果都不在乎，那么之前的努力是为了什么，难道我们不应该死磕着这个结果不断分析再分析、反省再反省、积累经验吗？争取下一次不会犯下同样的错误，争取未来不重蹈覆辙，做得比现在更好吗。不求结果也许是为了乐观面对，但相比乐观，我们更需要的是积极。一笑而过，谁最终都能学会，可是一笑而过之后，继续前行，你可以吗？

一股脑三分钟的热度，最终还是会被冰冷的心灭得一干二净。只有保持着一颗热忱的心，拥有冷静思考的头脑，才能想自己所想，做自己所想，坚持到最后吧。

共勉，在这喧嚣的世界！

逢年过节，谁又踏上了囧途

不知道从什么时候开始，逢年过节时首先想起来的不是团圆不是热闹不是开心，而是，又要凑钱准备红包了。日子如此这般欢欢喜喜过着，不知不觉一年到了头，本应更加欢喜，却反而越加害怕不安。当我们的生活开支项目变得越来越多，好不容易存下来的钱总是熬不到回家，而那些原本美好的心意最后全部变成了负担。常言道，有钱没钱，回家过年。如今是，若是没钱，怎么过年。

为什么银行卡的存款少得如此可怜，为什么过个年也成为一大开销，为什么就算没钱也要借钱回家，那种因存款太少而不敢回家、迫切借钱求一个心安的感觉，不愿再多体会。

临近春节时，一朋友打来电话向我借钱，虽然卡里仅仅剩下几百块，还是问了一句需要借多少，毕竟真的很少人会向我借钱，大家都知道我穷，也体谅我，所以能帮的话，也想帮帮忙。不料她大开一口，干脆利落地说"五千到一万吧"，一颗小心脏仿佛一个趔趄，倒退一万步之外。如此简单粗暴的借钱方式，恐怕什么也借不到。我问她为什么需要这么多钱，平常的工资不是挺高吗？她支支吾吾没有告诉我原因。我想，大概也只有近在眼前的春节才能让她急得四处借钱，回家过年吧。况且工资越高的人，被他人抱有的希望越大，红包大小直接体现了你展现在别人面前的年度生活质量。

回家前一天，仅剩几百块钱的我不得不向老板预支工资，用来应付各种过年时应该要给长辈们的红包。在微信上没有得到回复，又不好意思当面问，于是急忙忙地在微信上询问一朋友是否有存款可以借，她毫不犹豫地就把自己刚领到的准备作为年后生活费的一个月工资给了我，我问"那你过年回家有钱吗"，她说"明天公司应该会发年终奖"。有年终奖真好，没有一万至少也有五千吧，我这样觉得，过了一会儿便收到了她的转账消息。我俩在聊天窗口里互相拥抱，彼此安慰面对没钱回家的窘境。

不幸的是，第二天她非常委屈地告诉我，她所在的公司按年度评分来发放年终奖，而她的评分低，所以喽。我气愤地在聊天里大骂她的公司和老板凭什么不给发年终奖。她已经失落到无言以对，明明已经内定了员工们的年终奖，却来一套虚伪评分制，给人希望，又让人失望。幸好老板已经答应给我预支工资，只是还不能立刻到账，我告诉她只要钱一到账就转给她，让她安心。同命相连，感同身受，此时只能默默为各自的窘境而叹息。

盼着春节，又怕春节，想着回家，又怕回家，是什么把我推向这样无奈又尴尬的境地。原本可以过得刚刚好的生活，遇到春节，一掏回到解放前。父母总是告诉我，找个好男人，就有人照顾了，多存点钱，以后的日子就好过了，不生孩子怎么可以，老了谁照顾你。大人总能想象遥远的未来，我却只愿努力满足当下的生活。所以我没有信用卡，不敢提前消费，对于摆在眼前那注定要投入的开销心灰意冷，更害怕突如其来的抢钱党，譬如请帖、体检，犹如晴天霹雳。

这似乎是一个谁都无法避免的既无奈又尴尬的现实。在那么多风雨飘摇的日子里，都可以过得像风雨一般潇洒，而在举国欢庆阖家欢乐的日子里，却是欢喜不足，纠结有余。

带上和计划中相当的一小笔钱，终于也算是轻轻松松回家了。想到今年可以给哪位哪位长辈发红包，不禁欢喜，红包还未发出去就先把自己感动了一番。不料一问"行情"，和理想中的计划有些许出入，有人说这个要两百，而我只准备了一百，有的准备了一百，又被提醒还不如不要给，而几个年纪小的孩子，有意剩些零头分发出去意思意思，又恐不够被笑话。这是个金钱博笑脸的聚会，多给总是不会错，但是有没有最小值呢，给那些只够活好自己的人喘口气。

由此之后，体会了一番我哥往年回家前必定也感受过的无奈尴尬，便慢慢体谅了他给父母的红包还不如我和妹妹来得多，甚至一分没有。或许我曾经有过对他的嘲笑和失望。而当他无数次被亲戚邻居问道为什么今年不和老婆、孩子一起到老婆的娘家过年时，不知道哪里来的耐心，一次一次不厌其烦、毫不担心被取笑，甚至头头是道地回答"因为没有钱，去她家做什么呢，被亲戚朋友围着取笑不成"，那副真诚、看起来很懂事的样子看得我非常不习惯，反而有些心疼了起来。其实别人也只是随口问问，他却动了真，回答得太多，差点误了别人买菜的时间。有钱没钱，回家过年，我反倒支持起我哥的不逞强。

后来又听朋友说她和她的老公在动车上丢钱的事，原本就紧张兮兮的心情变得更加闷闷不乐。她的老公因为担心回丈母娘家没地方取钱，不能发红包，于是便在回家之前取好五千块钱随身带上动车，结果这笔钱不翼而飞，不知道是被偷了还是丢了。面子虽然做不成，也不碍事，只是好不容易忍着心痛把积攒下来的钱花在过年上，却平白无故损失了一笔，让自己生了一股闷气，好像所有事都没有了意义。而父母心疼他们，又包了整整五千的红包给他俩。我想说这好心好意的一来一去，是不是非得用金钱才能流动得起来。

这个年终于是过去了，离我们越来越远。给出的红包会被忘记，同样的，没有给出的红包也会被遗忘。像做了件令声名狼藉的事，避开风头躲一躲，世界将重新被粉刷，聒噪的人们将被新的消息包裹，过去了的事将变得不值一提。我喜欢这种感觉。也许每个人都该感谢时间这一阵风，会吹来尘土覆盖过于耀眼的鲜艳，也会吹走尘土还给你该有的美丽。感谢它吹走了我的狼狈，又让我回到了正常的日子。

过年是什么呢，或者说变成什么了呢？不愿有的想法最终还是冒了出来。它是某种变成与平日完全脱离了的样子，人们所谓的收拾行囊归心似箭、春运大拥堵，以及回家后的工作婚恋问答题、一月工资分配计划，是换上另一具面具后的样子，别太在意以及过于感慨。只稍做好了这五六七八天的样子，上帝将会把大家一一送回各自的星球。那些故意要做出的大团圆，其实是因为太久没有联系和交流。正如爱对了人，还会在意情人节无论如何非得在一起过吗？为什么有人越想努力过好这个年，越是过不好呢，因为有一种窘迫，越是解决了，越是觉得毫无意义。

　　我做了毫无意义的努力，对自己无意义，对他人无意义，对维护世界和平，毫无意义。还是古话说得好，没钱也要回家过年呀。只怕没钱无妨，没面子才是大事，回家无妨，敢不敢才是关键。只怕不是脸皮越来越薄，而是内里的防备越来越厚。而再厚的防备，却脆弱得抵御不住一句"做什么工作呀工资多少呀带多少钱回家呀"。

　　你说，这样的时代，怎么能去怪谁变得现实，我都想把"赚大钱"作为今年年度目标，为下一年的狂轰滥炸做准备。

等待阳光，照进生活

　　微博消息又显示一位新粉丝，悻悻然点开，呵，朝天鼻、洗发水，不需要再往下看，直接关闭页面。又是广告，不置可否。不知道从什么时候开始，右上角显示新粉丝时，我的第一反应不是互相关注，而是一个个点开他们的主页，亲自揭示对方广告僵尸粉的面目。甚至，明明单看微博名就能知道是僵丝，我依然会仔细地一个个点开，一个个瞥上一眼，再一个个关闭，像一个患有长期洁癖的医生，一定要把抬来的尸体拾掇干净了，这才让人轻轻地抬到"太平间"。

　　随手搁在电脑边的手机像收到惊吓般，突然震动两下，这时候会是谁发来的短信呢？我一边思索着一边拿起手机点开查看：尊敬的客户……关闭！我有些不耐烦，这卡里不是还有五块钱嘛，至于这样从月初提醒到月末嘛，10086，你也是够了！是啊，又到月末了，又该清空手机里的短信，从零出发，迎接下一个月的到来。好吧，就让我来看看有没有哪些重要短信需要保存下来或者是忘记回复了的。积分提醒、流量提醒、尊敬的用户、福建移动邀请、你好代开发票……大致如此，无须再看，全部删除。就在谨慎按下删除键的同时，突然想起收件箱里好像还躺着一张肯德基套餐代金券，终于在删除的洪流中不能幸免，不知去向。

在过去的一小段时间里，我和几个朋友还能通过邮件来联系，我们会花半个小时的时间把想说的话编辑好，不紧不慢地点击发送，而在对方接收的同时，这一封邮件也会自觉安静地飞到发件箱，像重新找到了归属一般。而现在，打开信箱，唯一的目的就是删除邮件，因为我对信息的洁癖已经无法容忍到它安静地占据着一席之地都无从商讨，哪怕只是1k的内存，也不允许这个叫作"垃圾"的东西来寄存。回收站不是垃圾箱，那些用过的、不再使用的东西尚且还要经过主人的再三考虑才能被暂留在回收站，而垃圾竟然可以不知羞耻地粗暴闯进收件箱大厅，不带任何感情。

坐在办公室里，对着电脑，查看着工作上来往的邮件。事到如今，也只剩下这一类的邮件，可以让人花点心思去仔细回复，我的邮箱好像也只能靠着这类邮件才显得尚存一丝气息。原本不受待见的人事居然也成为了生活的角色，甚至是支撑。不知是该暗地庆幸呢，还是暗自叹息。同事从楼下的信箱中抱来一叠今天的报纸，"啪"的一声扔在桌上，气喘吁吁捏捏手臂，像卸下了一个重负。我想，此时若是男同事怀里抱着的是一个美女，再大的负担都会是甜蜜的吧。可惜了，是报纸，除了公司的司机肖师傅会兴致勃勃地跑来问"报纸在哪里"之外，几乎没人再去看一眼那些报纸，那些在我们眼里和任何一张纸都没有区别的报纸。

肖师傅笑盈盈地迅速拿起最上面的一份报纸，左右翻转，又放到一边。在挑挑选选之中，一封信从报纸间掉落下来。不用好奇是给谁的信，更不用好奇谁还会写信呢，没错，是某银行寄来的信用卡账单。用电子版写上地址姓名邮编打印出来的信封，由机器敲打刷出来的账单，只有信息，没有心情。这时一张牛皮色信封突然浮现在脑海里，薄而粗糙，有人在上面用水笔写下收件人的地址、姓名，而寄件人的那一栏总喜欢矫情地写两个字"内详"。这样的信，才值得人细细阅读，甚至连被撕下来的信封口都值得再收进信封，一起放进岁月的百宝箱里。

微博上又提示有一位新粉丝，我像往常像刚才一样，点击查看粉丝，下拉右边的滑行条，瞥一眼前两条微博，平静地关闭页面。我依然习惯一条一条查看手机上的信息，一条一条删除邮箱里的系统邮件，像一个固执的清洁工，只是一点灰尘闯入，也要郑重其事地拾掇一番。也许，这个拾掇的过程于我来说是带着期待的希望，期待自己在拾掇的时候，能感受到一丝呼吸、一丝体温、甚至难以察觉地心跳，能发现生命的存在。

今日天气尚好，窗外的阳光温柔地像一条毛茸茸的毯子，轻轻地却很温暖。我知道，我们的生活，不可能永远阳光普照，它也像气候一样，要历经季节的更替变化。当阳光照不进生活里来的时候，要么静静地享受黑暗里的孤独，要么转身打开门敞开怀抱向阳光奔去。

如此这般，等待阳光，照进生活。

第五章

给我一杯时光，
让我靠近温暖

给我一杯时光，让我靠近温暖

周六，赵姑娘从福清来福州，与我、邱二相聚，这样的三人聚会距离上一次竟已经隔了两年之久，那一次还是为我"一个人的旅行"而饯行。两年间，我去了大半个中国，还顺了一趟泰国，而邱二也刚刚结束了为期一百天的旅行，原本就脸黑的她又黑了不少，而赵姑娘也终于在羡慕我俩的同时，与自己的男朋友去了一趟杭州，那是她工作十年来第一次旅行。她总是感慨，赶不上我们的步伐。

我们仨人从小就认识，从幼儿园到现在，近二十年。赵姑娘是个心灵手巧的好姑娘，从小就喜欢给家里的妹妹、表妹、妹妹的同学、表妹的同学……梳妆打扮。一张纸、一根线、一个珠子，经过她的手，都能化腐朽为神奇，丝毫不逊于店铺里卖的小饰品。她每次都把别人装扮得美美的，自己却像个灰姑娘，默默无闻。不像我和邱二，年年班干部，成绩又稍好，像是班上的"红人"。

她很少和班上的同学玩，却与我、邱二关系最好，而神奇的是，我和邱二虽与班上的同学都玩得很好，但是却与她最好。可是，我们自私地拥有她的好，却从来不懂她的自卑，我们理所当然地受到老师的宠爱，同学的青睐，却从来不懂她被男同学欺负而受的委屈，甚至，我与邱二小时候几次闹别扭，都找她倾诉，抱怨对方，却从来没想过她夹在中间有多么的为难。印象中，她没有说过一句他人的坏话。她的善良，把自己淹没了。

　　而相比赵姑娘的文静细腻、心灵手巧，邱二恰好相反，大大咧咧、没心没肺，似乎什么都有，总是那么无忧无虑。小的时候，她的父母不仅是村里的医生，同时也是文化程度最高的村民，因此他们家总是有很多当时的我不曾见过的玩意儿，比如游戏电脑、积木、童书、报纸。在固定电话还未在村子里普及的时候，他们家就有移动大哥大，在别人家刚刚开始买一种叫VCD的影碟机的时候，我们几乎每天中午都在她家的诊所跟着盘片拿着麦克风唱歌。最令人羡慕的是，她好像总有用不完的钱买吃不完的零食，而我一天只有两毛钱，吃完了就去蹭她的。而她所拥有的，从来不独享，都是大大方方地与我们分享。也许正是因为这样，她的人缘特别好，和男生也可以称兄道弟。也因为这样，从小就觉得她不一样，觉得就算她比我们所有人都优秀也是正常的事。

　　如今，赵姑娘在自己表哥的美发店里实现着小时候的梦。我没有夸张，她从来没有觉得自己在完成一份工作，尽管在别人看来，那只是一份不起眼的工作，她依然可以骄傲地说自己正在做的是自己的喜欢的事。她喜欢看到别人因为她的杰作而满意的笑脸，就像看到当初那些天真爱美的小女孩开心地笑，那便是她的快乐。她所工作的小镇上，没有人理解她为什么要买书来看，而她从 16 岁开始工作至今，虽然早早离开学校，却不曾停止过学习。我从来不觉得自己以一个大学毕业生的身份和她站在一起，有什么优越。甚至讨论起文学、电视、音乐、电影，反而是她在教我。倘若 16 岁进社会的那个人是我，我不敢保证自己会像她一样不卑不亢，像她一样坚持做自己喜欢的事，像她一样，不被残酷的社会吞噬，像她一样，始终是孩子时的模样。

如今，邱二还是那样大大咧咧，没心没肺。她敢爱敢恨，爱得认真，错得诚恳，在她脸上，我从未看到过虚假。正是因为她比我们多了一分勇敢，经历的事情自然也是比我们轰轰烈烈，或者说是跌宕起伏。亲情、友情、爱情，有人小心翼翼，懂得进退，无奈她不懂，爱了，就彻底爱了，恨了，自己遍体鳞伤。小时候，总觉得她最厉害，一呼百应，如今她也有心有余而力不足的时候，也许太真诚反而害了她。有些人啊，不是不懂圆滑，是不愿变得圆滑，看到她依旧傻里傻气的脸，笑起来和姚晨一样的大嘴，我就觉得安心而美好。

聚会那天，恰好下午有一节尤克里里课，她俩并不介意我有私事，反而乐意来听我的课。邱二带来自己的尤克里里，只是稍稍指点了一下，她便能立刻心领神会，没想到那个曾经自叹没有艺术细胞静不下心来的她竟也能自学到这样的程度。而赵姑娘则在一旁看着、听着、想着，我知道她一定不觉得无聊，甚至恨不得加入到这样美好的画面中来。我们并不只是一味缅怀曾经的岁月，就算是现在，我们依然拥有共同喜欢的人、事、物以及各自执着追求的东西，这让我觉得庆幸。

上完课，我急匆匆地往 KTV 赶去，太久没有一起唱歌了。曾经天天唱歌度日的时光对于现在来说，竟是一件奢侈的事情。我选了一首《一个像夏天一个像秋天》唱给她们，唱完转身，邱二放空了几秒然后拍手叫好，瞥见赵姑娘泪眼蒙眬，回过头装作没看见，只听得她夸我说太会选歌了。我们都不是彼此生活中最亲近的人，甚至不是彼此每时每刻都会想到的倾诉对象。不同的生活经历让我们有了各自不认识的朋友，无法参与的故事。但我从来不觉得她们变得陌生，甚至觉得她们一点都没变。尽管她们已经融入我所不知道的圈子当中，但我依然能在那些陌生的人群中一眼看到她们。不是我的记忆深刻，是她们，不忘初心。

晚上吃饭时，赵姑娘随意将一张纸巾撕撕卷卷成一朵玫瑰。想起上次见面时，我们喝着奶茶，桌上的一张宣传单也是这样被她撕撕折折成一颗颗幸运星。而做这些事情时，她总是漫不经心，好像并不知道自己正"忙"着。就像她喜欢的画画，只会信手拈来，想到什么画什么，没有技巧。与其说是画，我更喜欢说是涂鸦，不受限的童心童真。

有人说，人和人之间的情谊是要靠某种东西来维系，或是庸俗的物质，或是刻意的联系，或是必须要有的共同话题……而我觉得，人生中总该有几份真情实意不用靠物质、联系、话题来维系，它依然在那里。不变样不褪色，散发着最纯真的光。若一定要有一样可以使这样的情谊长存的东西，那应该就是时光吧。是过去的时光让它根深蒂固，是现在的时光让它沁人心脾，而未来的时光，我亦希望它源远流长。

我想，未来，只要给我一杯这样的时光，我定能一辈子靠近温暖。

亲爱的，我可不曾忘记你

自从换了新号，父母可以随时找到我，妹妹不再凶神恶煞地不耐烦我的停机，这件事就算完成了。因为没有什么特别需要，我并没有给以前手机里的朋友一一发信息告知"换了新号，请惠存"，目前手机里的联系人也不过二十个。我想，即使是非常要好的朋友也不必时常联系，等到需要拨通电话的时候，我们的手机里，自然便会出现彼此的号码。

元宵节，一个好久不见的朋友打来电话，因为没存她的号码，又猜不出她的声音，傻傻的她撒着娇要"恨"我。她约我晚上一起吃饭，饭后几个人又去唱歌，在 KTV 里，她又挽着我撒着嘴说："哼，你居然没有存我的号码。"看到她那么介意的样子，我忍不住想要哈哈大笑。纯真善良的姑娘，是以为我不看重和她的友情了。可是，亲爱的，我可不曾忘记了你呀。也许我并不常联系你，可是只要你的一个电话，我一定尽力随叫随到。

通常，几个朋友聚会，其中一定会有一个上菜必拍的达人，一个自拍合影的达人。许久不见，姑娘们激动地左揽一个右抱一个，拍拍拍，而我常常坐着只顾聊天、等菜、被拍。等到聚会结束，再向那一个个热情的妹子伸长爪子索要各种照片。餐馆因此而丰富了菜色，你因此而在意起妆扮，可我还是不常找你合影，但我会用眼睛，看你好久，好久。

一朋友靠近我，举着手机要合影，我顶着姿势表情半天，只见手机屏幕里的她左转右转找角度，等到表情即将僵化，终于听到咔嚓，bling 一声美颜完成，简直不能再美了。可是，她看了看，说："你是很美，可是你看我……"因为角度、光线或路人等不可逆因素，合影这件事通常不可能一次性就过。于是在她夸完我很美之后，那张照片就进了垃圾箱。哪里跌倒哪里爬起来，再来！她轻车熟路地找到最好的角度，侧脸、眼神向上四十五度，咔嚓、bling，终于她醉了、笑得嘴角都扬过了头。而我，眼睁睁看着另外一张扭曲了肉肉、歪斜了眼、露出虎牙兔牙的脸被保存了起来。据说勇于衬托同伴的美的朋友，才配为真正的好朋友。我那么努力，你看到了吗？其实不费吹灰之力。我喜欢看到你自我沉醉的样子，更希望，你能时时感受自己的美。

但愿我们的每一次见面，能一直温暖着此后彼此间不能常常问候的生活，直到下一次的相聚。

朋友之间，可以不要常常联系，常常想起才温暖，可以不要常常见面，随叫随到才可贵。若是你长久以来未收到来自我的问候，请不要以为自己定已被遗忘。你知道的，想念一个人是不必立即告知的。若是你长久以来未给我只言片语的祝福，我还是喜欢你。我知道的，视我为朋友的你一定会在某时某刻想起我。

所以，谢谢在元宵节约我见面吃饭的你，谢谢邀请我来做伴的你，谢谢让我当婚礼伴娘的你……谢谢你们在快乐的时候想起我，在烦恼的时候想起我，在需要帮助的时候想起我，在看到五月天的时候想起我。今生，若是我们共同经历过美好的事，并视对方为值得信赖的朋友，我便不能忘记你。

被人想起是一件多么温暖的事，希望你的心能常常感受到他人的想念，并且温暖起来。

在

准备离开福州的前一个星期，我几乎每天一约，发小、高中室友、同租室友、同事朋友，纷纷前来赴约，吃饭、喝酒、谈笑风生。这些平日里极少见面的姑娘们，一旦聚到一起，就像回到了过去时光的精简版里，再活一次。突如其来的热闹，把往日里的寂静全甩在了身后，以致有人好奇地问："你什么时候出现了这么多朋友？"我疑惑：是啊，哪里来的朋友，有时谁也不找谁，来他个无影无踪，有时又像爆炸开来的惊喜。又窃喜：是啊，就是这么多朋友，到处都是！

电话里还有一个朋友，因为工作太忙抽不开身，我们便只能相约在公司附近匆匆见面。过马路时，我一边向对面的她挥手，一边朝她走去，只是见个面，就开心得不得了。可是见到我时，她突然一丝忧愁上心头，说："怎么突然觉得好伤感。"我反倒是一脸嫌弃，说："伤感什么？谁让你之前都不来找我呢。"她无辜地说："哎呀，就是因为知道你就在这里，觉得很安心，也就不着急着去找你啦。"我惊呆了一秒，被她一语触动到了心里去，瞬间语塞。难道不是吗？难道我们不是这样的吗？我突然佩服她如此准确地说出大部分人不敢说，甚至不知如何表达的心里话。换作别人，也许会抱歉地说是工作太忙、琐事太多等等看起来客观而不可逆的原因，而她却丝毫没有也不知掩饰。或许，不见面，是因为不需见面，而不需见面，就是因为，反正你都在。

那些天，我的脚步比往常要来得急匆匆又轻盈盈，我见了很多人，走了很多路，说了很多话，突如其来的热闹似乎在热情洋溢地告诉我，她们都在，从四面八方赶来。彼此不问安好，彼此不说再见，只是坐在一起，我在，你也在，就觉得没有比这还要再好的了。

张晓风写过一篇文章，题为《我在》，文笔、意境、思想，全都美得不得了。她说，小时候因为生病缺课，心里竟觉得凄凉，长大后才知道当时的那份痛是因为其他小朋友都在教室，而她却"不在"。她说，旅行时对着山水说一句"我在"和"某某到此一游"是截然不同的，后者是个把风景放在眼里、踩在脚下的自私鬼，而前者仍是那个清晨去上学、回答老师点名的孩子。

"我在"在张晓风的文章里是一个孩子纯真的回答，是一个人极力想要证明自己存在的坚定。而在这样一份天真的自信之外，我想，它还应该是一种爱。"我在"不仅仅代表着"存在"这一件事，还代表着某个人无时无刻或悲或喜或暗淡或丰富的"在生活"；不仅可以对自己说，还可以对他人说；不仅是证明自己的存在，还为了让你知道，"我在"；不仅是一种自信，还是一种鼓励、一种陪伴，一种温暖。

当一个病人躺在病床上，迷蒙着想要喝水，床边传来一声焦急坚定的"我在"；当一个孩子受伤哭泣时，妈妈走过来拥抱着他说"妈妈在"，当妻子遇到困难，痛苦无奈时，丈夫坐到她的身边，握着她的手说"我在"；当你迷茫孤独不知所措时，朋友们微笑着说"我随时都在"……因为你在，我感到安心；因为我在，恳请放心。

她说，"树在，山在，大地在，岁月在，你还要怎样更好的世界呢"，令人不禁掩卷叹息。那么，树在，山在，大地在，岁月在，你在，我也在，我们还要怎样更好的幸福呢？纵使某天彼此咫尺天涯，只要想到你们还在，在某个城市，在公车上，在湖水边，在忙碌，在游荡，在忧愁，在欢乐，在生活，便觉得满足。

所以，不管你在何处，我在哪里，无论我们是正在赶赴一面之约，或是站在两端彼此思念祝福，总归，都在。那么，还有什么值得忧伤的呢？只是想到这些，已是满心欢喜。再多奢求，都是幸福的附加了。

亲爱的，谢谢你在。

亲爱的，我在！

神经衰弱的日子，快乐的歌

小弹簧有一个朋友，各种怪病缠身，比如内分泌失调、心痛、甚至尿不尽，听来不免令人咋舌。而当她已经十分坦然地看病吃药时，小弹簧依然不能相信这样的诊断，总觉得是她给了医生错误的信息。最近，小弹簧突然想起来那位朋友曾经说过有关神经衰弱的经历，这个在她看来简直高大上到不可能会和这样的年纪扯上关系的罕见病，恍然间发现，这其实多么常见。因为她觉得自己，好像也和神经过不去了。

以往，晚上躺在床上闭上眼睛，五分钟内必入睡的小弹簧，现在睡前必须通过听音乐、故事、节目来催眠，一觉睡到天大亮的好事儿在近日经常半夜醒来后便化作泡影，美好不再。曾经大胆到一个人睡一栋三层的楼，现在就算整栋楼住满了人，独自身在单间的她却神经兮兮。当紧张、忧虑和害怕一起商量好陆续到访时，小弹簧终于知道什么叫作神经衰弱，什么叫作不得不承受。

闭上眼，内心愈发空洞，头脑愈发清醒，周围的动静一点一点却重重叩打在心，神经紧绷，呼吸急促，心跳加快。这时，小弹簧只能急匆匆打开收音机，用声音照亮夜里的路，逃跑。她想：无论我的明天要去哪里，此时此刻，上帝啊，谁来给我讲个故事吧。

无论生活中多么活泼自在、自由欢乐的小弹簧，一定也有受到持续压力的时候，成绩不佳工作不顺人生迷茫，无论过去累计了多少的自信潇洒也会瞬间被打压到黯然失色。失去方向的船，就算海上风平浪静，也会有如暴风雨来袭一般动荡不安。脆弱的胆小鬼，终于还是被自己给吓倒了。

被失恋被失业被失控，被劈腿被出轨还有撞见鬼，任何不幸降临导致的神经衰弱，是你值得拥有的痛，身心剧痛。也许可以毫不留情地这样自我评定，那个口头禅为"神经病"的小弹簧好像正在神经病。也许也可以毫不留情的这样人身攻击，脱口而出的"神经病"并非说说而已，承认吧，神经衰弱的日子，谁没有。

然而，我并不为小弹簧的不幸感到同情，因为想到那生命不可承受之重若只是这些庸俗的苟且之事，实在汗颜。不堪忍受的不是痛，而是居然被这样的痛试图压断神经。天才钢琴家失去了聆听的美好，赞美春天的诗人失去了眼前的景色，失去双手双脚的人却在激励着身躯健全的人如何勇敢乐观面对生活，而那足以冠上生命之顶，称得上不可承受之重的痛，也许不能超过再多了，可是这些人却已不觉得痛，他们以别人不曾料想到的方式在化解疼痛，开始享受生活。

可是又该如何呢？听过那么多道理，看过那么多励志故事，小弹簧还是烦恼还是难过还是无望，她每天都像被无数个大屁股压住一般，直不起腰，筋疲力尽，无所事事。但不知道为什么，她不绝望不放弃，总在尝试着用仅有的力气撑一撑，偶尔还能听到她唱唱歌，虽然歌声里有时也不过有气无力。

终于有一天，小弹簧突然醒来，像雨后复苏的小草，她轻轻哼起了歌，跳起了舞，听着周围的一切有趣新鲜事情的发生，像往日一般，做自己喜欢的事。那些像一大屁股坐下来的压迫变得不那么难挨，有的屁股坐久了觉得没趣便一个个走开，有的甚至被小弹簧的棱角咯得难受，早早拍拍自己走掉。不知不觉中，小弹簧紧绷的神经像被融化了一般，温柔地伸展开来，自由跳跃。在这场与"病魔"斗争的日子里，她没有做任何抵抗，却胜利了。

乌云笼罩的日子总是一个样，晴朗的日子却各有各的景色。神经衰弱的日子，谁没有？享受神经衰弱的日子，谁有呢？

在这场史无前例的风雨中，有人觉得一定回不了家了便躲在路边暗自叹气，有人恨不能奋力奔跑而最终筋疲力尽，有人欢心喜悦仰起脸伸出双臂享受风雨。而小弹簧，暗自叹气一会儿，奋力奔跑一会儿，最后拥抱着风雨唱着歌儿回家了。我不担心她是否会感冒，因为她只会更加坚强而快乐。

这一天，小弹簧梦见自己和朋友乘着飞船去旅行，在半梦半醒之间，她悄悄许愿说，愿越来越多的人在烦忧的日子里，唱起快乐的歌。

我与雅思的分手大战

　　一说到雅思，听到的人总是条件反射地问："你要出国？""为什么？"几乎没有人会傻问："雅思是什么？""考来干嘛？"看来大家不仅懂得，而且非常会把握重点。可是，我宁愿别人先问我考来干嘛，如此还可弱弱地回答一句"也许要出国"，这样直接直面地问是否要，回答不要也不对，要又太绝对。因为我实在没有那么大的信心可以做成这件事，也并不是非完成不可，只是在可以努力可以尝试的范围内踏出一只脚探探路，尝一尝没有尝过的味道，即使这对于之后的生活也许没有任何意义，对于我，已经产生了意义。

　　雅思是什么？这不是一个弱智的问题，这是一个准备考雅思的人必须先要了解的问题，也是一个我之前想都不会想要去了解的话题，大概也是一系列被列为与我人生也许毫不相干的领域之一。可是现在，我们居然产生了交集。从报名开始到即将考试，我和某逗比朋友始终纠结着走过，"真的要报名吗？""过几天就不能退考了，要不要退考？""天呐，真的要去考试吗？""考不过怎么办，考过了万一也去不了怎么办？"我们基本不用半个月就开始动摇一次，摇啊摇，每次都是一句以"想那么多干嘛？先考了再说！"结束。是的，也许放下这块石头会让我们轻松很多，可是请问"轻松"拿来干嘛？看电视剧还是刷微博，有多少时间的浪费都是因为过得太轻松。待到我想要全身心投入的时候，累趴了多少脑细胞。

周围的朋友，有考研考公务员的，但没有考雅思的。无处取经，只能在网上浏览一通，抓人就问，求知欲野蛮又粗暴。备考材料、学习方法也是从众多帖子里一一抠出、对比、总结，在不同的阶段复习方法也在不断改变。从边工作边复习到辞去工作暂时闭关，我把除了吃饭睡觉之外的时间全部给了英语，当然还有不能自律而偷懒偷看电视的时候。因为每天听写做题，笔芯一支接着一支丢得畅快，有时早晨醒来，突然发觉右手手指僵硬，工作时的鼠标手变成了握笔的拳头手，这就像弹吉他弹出的茧子，是光荣的痛。一只初进烤炉的烤鸭，如我，时而快乐时而疯狂，时而兴奋时而茫然，在这两种逆向心情的不断交错下，进了考场。

悲剧的是，好多年没有过的紧张在听力开始的刹那间突然止不住地袭来，不停地深呼吸还是让心跳到了嗓子眼，深呼吸没有用，自我暗示没有用，表面上的自以为淡定没有用。在疯狂的心跳下，仅此一遍的听力在耳朵里回响着。在那瞬间，一念之间的坚持还是放弃，会是多么重大的影响吗？考试结束，人也到了几近生病的状态。面对考试的平常心我失去了，是往常复习日子里的积累支撑了我这样失常的发挥。感谢自己的坚持。

一同参加考试的朋友因为没有时间准备口语，临近考试那天一直想要弃考，我说，如果现在你去考了，也许你就痛苦那么几分钟，可是如果现在你放弃了，未来的几个月里，你将在后悔和遗憾中度过！她无话可说，硬着头皮进去了。出来的时候对我说：我总结了一个道理，做任何事情，放弃是最蠢的决定。这大概也是这件事带给我们最大的体会了吧。

这是我所经历过报名费最贵、备考最煎熬、过程最严格的考试，可是若是没有尝试，我不会知道在中国原来有那么多的人在学习雅思。大家来自不同的省份，甚至报了不同国家的学校考位，有人为了留学，有人为了移民，有人为了工作和旅行。一起在网络上上课的同学里，有高中生大学生上班族，小到98年，大到不敢报年龄的大叔。一年365天里，几乎每一天都有口试，每一周都在进行笔试。我所上的是完全公益的网络课，不需要任何费用，老师个个满分达人，连助教都是志愿者。课程教授、经验分享、资源共享，满满是爱。本以为只有少数人才会做的事，其实在你不了解的领域里，放射着令人吃惊的光芒。

在最后一个月的备考期间，一个住在厦门的朋友热心地收留了我，给了我最大的支持。我们每天早早起床，分享着早晨的日出，那是一天中最令人喜悦的时刻。接着她进厨房准备早午餐，我窝在沙发上练习听力跟读，她去上班，我依然循环着听力阅读口语写作，晚上她下班回来了，我帮她开了门之后立刻回到电脑前上网课，留她独自品尝我做好的欠佳的饭菜。紧凑的日子里，我们没有太多交流，只有一轮红日升起一天的开始，并且悄无声息地结束，她的小房间，几乎被我的身影充满。特别感谢她。

谢谢爸妈告诉我去努力，谢谢朋友们为我加油打气，谢谢安安一个月的照顾，谢谢雅思哥学院的老师和工作人员的付出，谢谢一同学习的烤鸭同学，也谢谢一同参加考试的战友欠欠和自己。我相信，人生赐予的每段经历，都是珍贵的体验。

雅思，我们分手!

池塘边的榕树上

　　电梯开门，一对母子走进来，准确地说，是一位妈妈带着一个骑着小自行车的小男孩进来了。小男孩十分倔强，不让妈妈牵也不让扶，似乎就想驾着他的坐骑飞奔而去。

　　我和他们一起走出电梯，走出大楼，这时迎面而来另一家人，他们的手里提着蔬菜，有说有笑，其中的一个小男孩一样驾着他的坐骑朝我们驶来。"啪"，两小自行车的头相撞到一起，一个妈妈问孩子说："呀，那现在要怎么办呢？"一个妈妈对孩子说："我们是不是要让一下，往旁边骑好不好？"

　　在他们相撞之际，我已经走到了前面，可是又忍不住回头，想看看事件的进展。这时，与我同一方向的小男孩乖乖地开始扭转方向，嘴里还拟声道"叮叮叮，叮叮叮"，我不禁发笑，敢情刚刚是堵车了呀。

　　我继续往超市走去，心想：小男孩长大后还会记得小时候类似这样的场景吗？若是记得，会觉得自己傻得不可思议吗？接着想到自己曾经是否也有像这样让大人们觉得好笑的天真话语，可是任我如何努力回想，回忆依旧像一摊干涸的河水。也许，天真就是自然而然的流露，不经思考也不需判断，像梦里的诗，醒来便要忘记。于是，童年也就这样不知年月越积越厚，越来越远。

常常觉得自己没有童年，别人看过的动画片我一部也没看完整，别人拥有过的玩具我一件也没有，若是有人聊起童年，我不敢开口，不敢承认自己的缺失。然而，没有这些，那样的日子却依然丰富，完整得似乎再也塞不下其他。

那时的日子，是早晨按时的稀饭早餐，是和妹妹对半分的油条，是从不曾迟到的上课钟，是第一时间完成的作业，是和小伙伴们玩得再累也不回家的不知疲倦。那么规矩、那么安逸，丝毫不必考虑如何过好这一天，就已经被时间带着缓缓流淌，如朝升夕落的太阳一般。平常、平淡、平凡的日子，所有欢笑、哭泣夹杂其中，那便是童年。是动画、玩具、游戏的储藏库，是一段人生必经的开始，是不知年月的流逝。

也许，童年是不必刻意回忆的，因为它本身是一段鲜花盛开、永不止境的回忆。只是单单从书上看到、从他人口中听到这两个字眼，便令人瞬间失足在现实里，掉进那闪着光亮、不知深向何处的隧道。也许，童年之所以让人难忘，并不因为它多么深刻，而是你很清楚，那种无忧无虑的生活，不会再有。其实，童年不会走远，只有人们自己，不曾停歇，越走越远。

春节时，我们家三兄妹在一起吃妈妈炖的鱿鱼排骨汤，一人拿着一双筷子围着一碗汤抢鱿鱼干。我哥突然说："在家里吃这个就是香，有人一起抢啊，记不记得我们小的时候……"我趁机愤愤不平道："那时候，每天早餐都是你一个人一根油条，我和妹妹两个人一根。"没想到他也记得这个事，并且很坚定地说："我哪里有一根油条，明明就是我半根，你俩半根。"天呐，半根的半根？简直不忍回忆。不知怎么，像是有泪流到心里，一下子融化了什么。我突然看到了那个童年里的小男孩，那个我好久不见、以为不会再见的玩伴。要让一个在生活重担下不停忙碌的人去回忆小时候，也许就像是下地弯腰劳作的农民，偶尔起身也只是望望日头是否落向西山，再多停歇便是奢侈。可是童年终究有太多太多忘不掉的美好，不管时间如何匆匆，就算你不去想，它依然会在。

"Lord,I'm one,Lord,I'm two,Lord,I'm three,Lord,I'm four,Lord,I'm five hundred miles away from home……"一百里、二百里、三百里、四百里、五百里，歌里唱着离家五百里，可是我听啊听，满脑子都是那落在"五百里"外的家乡、渐行渐远的童年。最后才发现，原来，它一直都在心里。

所以，当那两个小男孩变成大男孩时，他们还会记得那些场景吗？不用记得，一切都在。那么，他们会笑那时的自己吗？也许会，也许笑着笑着就哭了呢。

无题

  这大概是这个月在村子里公映的最后两场电影了吧，放完最后一串鞭炮，菩萨的生日盛会也即将告一段落了吧。我站在人群里湿着眼睛，看着眼前这一部已经看过三遍却还是看不厌的电影——《北京爱上西雅图》，依然觉得电影里所有的感情都美丽得不得了。菩萨的生日似乎燃起了之前两个月里我不曾看到的人情味，在这个城市一隅的一个村子里，浓浓散开。

  香火、鞭炮、跪拜、祈求，庙里难得一见的热闹在月初突然上演，一问之下才知道是菩萨的生日，惊喜又兴奋。但每次路过庙门口时我总是习惯性好奇地往里瞥上一眼，并不进去，只是某天看到庙对面的戏台上演着歌仔戏，便喷了花露水拿着小扇子坐在长凳上，自觉地应该很好看又好听还好玩。可是台前幕后胡乱入眼，台词字幕断断续续，不知道谁编的毫无悬念的流水情节，让我迷眼昏脑到瞌睡。

村子的戏台小，一块幕布也分不开台前幕后的各自精彩。正值七月初日渐炎热的天气，演员们又裹着长袍戏服，一幕戏演完，演员们往后台退去，可是幕布还未拉满，他们的姿势早已松懈下来，那走向后台的几步路似乎都觉得远，让他们近乎迫不及待。刚刚退场的"嫂子"豪迈地脱下外衣，仅仅穿着里面的白布衣便在角落狼吞虎咽，接着戏里的"爹爹"也来了，把长长的胡子搁置一边，撩开衣服等风来。那个"小厮"刚刚还在点头哈腰，这会儿嘻嘻哈哈绕后台一圈又回到角落等待出场，又在十分恰当的下一秒，表情动作瞬间到位。戏台边上的乐器组师傅们也没闲着，在二胡唢呐扬琴提琴间左右开弓，"吹枯拉朽"，娴熟的经验让他们能准确地在停歇的时候吃上一个某演员递来的桃子，点上一支旁人递来的香烟，好似不曾停歇。人们看着中间如火如荼上演的戏码，又不时被旁边卷起袖管、撩开衣襟的戏后吸引，如此这般跳来跳去，戏里戏外仿佛接替上演，看似粗糙不专业，又接近一种超自然的自我享受。

　　前面的大爷不停扇着扇子，还是湿了衬衫衣背，年长的大爷大妈坐在我的左右，看得有味，年轻的父母大多只站在后面的空地上，也许只是在看着前面捣乱的孩子顺便看戏，并不十分投入，而那围着戏台爬上爬下的小孩儿们，多么不懂事，他们爱钻到人群又不合群，又多么投入，不管周围如何正经严肃，还是握着水枪不肯放下，追着小伙伴不肯停下。台上的唱戏声大到足以掩盖孩子们的声音，但若是想听，那笑声依然清晰。我想起小时候总是喜欢跟着奶奶到村里的会场看戏，奶奶和她的朋友自然是看得津津乐道，而我既看不懂却也不像其他孩子只顾讨吃，一屁股既然坐下了，也要看到睡着。那是属于奶奶的灿烂年代，拿手的穿针引线手工艺活，会做一手好菜，饭后约上好友打上几桌牌，会场开戏了，也能在伯伯姑姑的搀扶下走上几百米的路去看戏。不像现在，已大大不如前，整年如一日躺在床，窗外的所有光亮或暗去便是一天的全部，偶尔坐在轮椅上往门外一望，已是难得的风景了。同龄的邻居朋友们一个个相继离去，往日的时光全化作泪水，流不尽。但我依然为她那流着泪也道不尽的灿烂过去感到欣喜，一个人若是还有那么美好的回忆在，即便再孤单，也有念想。

我不爱看戏，从小便是如此，但我会去看戏，从小也是如此，和人有关，长大后便和情结有关了。

宅在旅舍和宿舍几天后，再出门经过庙口，戏早已散去，原本的戏台上挂上了一块不大不小的幕布，俨然成为一处完美的露天电影院。戏是愈演愈古，影片却是愈放愈新，钟馗伏魔痞子英雄愤怒的小孩北京爱上西雅图，全是年轻父母和孩子们的菜。扇着扇子看戏的大爷回家了，驾着摩托车经过的人们反而熄了火，人连着车一齐停靠在路边，那些围着戏台爬上爬下不安分的孩子又安静了，年轻的父母催着孩子回家睡觉，他们不为所动，依然抱膝席地而坐，真乖。我站在人群里，不和谁说话，笑啊，哭啊，鸡皮疙瘩一阵阵竖起。待到电影结束，看着父母们牵着小孩子，孩子们牵着小椅子往四处散去，恍然觉着人生如戏，生活如影，他们经过我，也有一股如电影里那般风生水起的动静，那么精彩，他们大概浑然不知吧。

正像我回家时看到邻里街头的叔叔伯伯大妈婶婶们，每时每刻似乎总是有理不完的家事，八不完的卦，那种包围在一处小地方里那一派风生水起的景象，真是精彩得不能为外人道。而外面的世界，其实不过如此。

我抹了抹眼角不动声色流出的眼泪，想着那些现实里大多不能被接受的小三上位、未婚先孕、同性恋、捐精怀孕、离婚再婚，居然在这部电影里齐齐上演，一个个原本那么锋利而不能去圆润的话题居然被演绎出了难得一见的诚恳和温暖。每个人都渴望爱与被爱，每个人都需要得到宽容和原谅，只要我们的心里怀着真诚的渴求，就一定能等到生活带来的各种可能。而我，恰是被这些尖锐到与众不同却又真挚诚恳的可能感动得一塌糊涂。

下一部电影已经开始了，我还要继续看吗，不了吧。想起和另一家客栈的老板娘有约，便和另一个妹子到隔壁买了一盒卤味，又到旅舍提了两瓶啤酒，转身利落出门向前走。身后有人问："喂，你们去哪儿啊？"妹子对我笑笑，转头回答两个字："买醉。"我不是会喝酒的人，也不会主动拎起酒来，这会儿只是请人喝酒，自己倒大摇大摆伴装起豪迈来了。明明只是一杯的胆量，乍一看还以为千杯醉倒池边呢。看，我那素淡的如青菜一般的小日子不过七拼八凑了些胡萝卜和胡椒，也一样在锅子里沸腾冒泡，鲜艳着。我想自己是太容易满足了吧，分分钟都觉得精彩。

再看看花红柳绿大千世界的男男女女们，工资月光、天天聚餐、逛街血拼、分手两清、劈腿离婚、冷对如冰……甚而脑洞一热，入寺出家削发为尼。你们的人生要不要这么波澜起伏、轰轰烈烈。我相信，所有怀着真心的开怀大笑、痛哭流涕、冲撞冒险、奢侈挥霍都不会是虚度，所有用尽力气去刻划的岁月，哪怕千疮百孔，都不会是悔恨。我能实实在在地感受到自己对自己以及周围事物的交织爱恨，尽管脑袋不能够聪明得平衡好几件事，但至少，认认真真，过当下的生活，做好眼前的事。热闹或精彩，不需要太多，一个身体里的血液流动，在人们的肉眼之外，都能有收缩膨胀跳动的力量。

我不爱看戏，但依然激动着期待着每个即将揭幕的时刻，而属于我们的戏早已揭开了欣喜的帷幕，艰难上演。感谢苍天给了我们公平上台的机会，只要我们厚着脸皮，就能在这台上降妖伏魔、作怪捣乱，别再骗我说什么无聊无趣无味无奈，你个拥有打了鸡血洒了狗血的故事的女同学还有什么资格在这里哭鼻子泪上脸的。洗把脸，明天又是八卦的一天，好多精彩等着你呢。

我所理解的精彩、快活，是一个老人端坐着看戏的安逸神情，是一对父母牵着孩子走在夜里回家的路上，是一个大大咧咧的姑娘忽然流下泪来，是一段可以横眉冷对又可以相拥哭泣的感情，是一场本色出演、尽兴过瘾的好戏，是一首很亲切的歌谣，从很远的山坡沿着山谷的上空飘到我这里来。

天台的孤独风月夜

我总觉得，如果有风，夏天可以没有风扇，如果没有风，一台风扇加上一瓶花露水便是夏天。虽然嘴说不喜欢空调，可是一旦被冷气包围还是无耻地妥协下来。当越来越多的人变得越来越依赖，越来越离不开空调的时候，机器里吹来的冰凉给人们带来了一丝享受，而属于夏天的快乐也在渐渐远去。生活明明越来越舒服，冷了有暖气，热了有空调，可是为什么我却一点也不能为此而开心。

前几天因为吹了几晚空调，感冒发烧头痛，走路都在晃。而在此之前，我所度过的夏天夜晚只有风扇，扇叶旋转发出的呼呼声，是夏天里最美的晚安曲。终于，还是在吃了药裹着被子蒙睡流汗一夜之后有了些好转。该流的汗还是要流的，该受的苦还是要受的，任何躲避都只能让人的承受能力下降到没有极限。这是个让人分分钟舒服到没下限，分分钟苦恼到没上限的世界，任何发明都不能让我们变得更加快乐。

很怀念小时候的夏天，和哥哥姐姐妹妹们在伯父家天台上看着星星吹着凉风睡着的日子。那时候，村里的房子都很旧，没有人安装空调，一整个夏天，我们都与风扇、天台、竹床、凉席为伴。尤其是在停电的夜晚，有人搬着竹床睡在门外，有人卷起凉席上天台吹风，若是这电停在了风雨交加的夜晚，我们就假装镇定地盘腿坐在椅子上"作法"，以为这样电就会快点到来。总之，我们总有对付炎热的办法，让自己畅快淋漓。

夜晚星星点点，我们躺在席子上，望着天空观察星星与星星连接起来构成的形状，悄悄入睡。有几次夜里下雨，雨下在身上竟没有任何察觉，早上醒来时已经在床上，不知是被谁抱着下来。而据说唯一一次梦游的经历，也是在天台，姐姐告诉我，那时我突然起来往边上的红砖围墙上爬，是她大声叫住我并把我拉回来。后来再也不敢上天台睡觉，现在也不敢。可是如今想来，梦游的事很可能是姐姐开的玩笑，却也成了夏天里所有欢乐的一部分。

吹着夏天的风，日子不知不觉便过去了。爸爸细心地拆下扇叶，洗干净装进袋子，再用个袋子把扇圈裹住，以免等到来年它落满灰尘。等到下一个夏天来临，不用我们的催促，爸爸总是能在非常恰当的时候把风扇一一装上，把床上的棉褥换成席子，还会在睡前帮我们点好蚊香，事无巨细，我们自然地享受在这样的呵护下，实在没有什么可以挑剔的，一切看似理所当然。

回想起来，早已记不清那时夏天里的阳光有多么的炙热，印在脑海里的全是风吹过来的气息。在早年简单的日子里，我们可以直接地体验季节的变化，感受冷暖温差给身体带来的变化。我们渴望夏天里的风，冬天里的阳光，就像饥饿时渴望食物一样直接。在最简单的物质条件下，我们的生活却那么有趣。

可是现在，食物变成一种旅行的品尝，是休息是消遣。风是什么，阳光是什么，握着手机，无关风月。各种电子产品应接不暇，其实不过占满了我们空虚了生活，各种应用软件丰富多彩，其实不过在浪费我们的时间，各种资讯信息丰富了我们的话题，其实不过证明了我们无话可说，越来越便利的交通、通讯、导航、地图，明明一开始，就在降低我们的效率。有马桶就上，有空调就开，有手机就玩，也不管自己是否需要。最丰富的世界，造就了最无趣的人。

夏天到了，天台有风有月却没有爱。爱都在商场里，咖啡店里，冷气房里，在手机里，在朋友圈里，在油腻的嘴里。周杰伦的《天台爱情》完全扯到了天边，像坐在月亮上的美女，只可远观。

夏天到了，一个人的话，不如就到天台吹吹风，像回到小时候。

嘘

风扇在头顶旋转／风在海上吹拂／孩子摇晃着步子在沙滩上奔跑／我们谁都不要说话／就很美好

这样的日子似乎已经很久很久没有来过了，甚至我也不能确定它是否曾经出现。起床、梳洗、工作、做饭、看书、码字、休息，没有频繁的联络、远方的消息，用微笑代替见面寒暄，只言片语便聊过一天。一切都很安静，很安静，像头顶的风扇，自顾自地，旋转着。像书里所写：如果你看不见我的美，其余的就不必说了。

午后的大厅空荡无一人，只有那风扇在与我对话。抬头痴痴地望着：到底是什么熟悉的感觉呢？我想。这时，《如烟》的歌词飘进脑海：七岁的那年，抓住那只蝉，以为能抓住夏天；十七岁的那年，吻过他的脸，就以为和他能永远……原来，那熟悉的感觉是歌里的夏天。三个小伙伴在呼呼旋转的风扇下围着瓶子里抓来的蝉欣喜不已，突然瓶子落地，七岁的碎片来到了十七岁的夏天，遇见的某些人带来新鲜的回忆，童年的无忧被长大后的烦恼推挤到角落。可是夏天，还是一年一年地回来，像一个不曾把你遗忘的伙伴。而我的童年，也有这样的夏天，风扇、草席和恬静的午觉时光，一切简单得仿佛什么也没有一般。

晚饭过后，挺着吃撑了的肚子，踱步到沙滩。在公路昏暗的灯光下还没看清大海，还未来得及听听浪声，声声琴音就在不远处随风飘来。我停下向大海而去的脚步，被琴音牵引着来到演奏者的面前，坐在离他两米远的位置，在几乎看不见对方样子的光亮下鼓掌。我看到漆黑的一个人探头向我致意，我也侧身点头，还他一个微笑，但我突然意识到，他看不见我的笑，这是一个隐藏在夜色中只有自己才知道的感谢和满足。琴的有声胜过夜的无声，演奏者和听者的无声又胜过了琴的有声。人和人有的时候不要对话为最好，即使只说一句，也会嫌多。

在沙滩的另一个角落，轻轻的吉他声从那头传来，沿着沙滩往回走，慢慢靠近这场沙滩秀，吉他声、歌声渐渐清晰。一个男孩子抱着吉他自弹自唱，歌声单薄，情绪平缓，乍听之下只觉得：唱得不错，没有走调。可是，当我想直接走上公路回去时，却发现他的面前齐刷刷地坐着三排观众，没有谈论，静静聆听，阵容略显美好，于是干脆一屁股坐下，成为美好的一部分。

　　沙滩上的灯光比亭子边的好很多，可是因为自己视力不好，他俊俏或者凹凸的脸在我看来就是没有聚焦的镜头，十分朦胧。听了几首歌之后，他反复调试了几次音响，弱弱地说："请大家稍等一下，音响没电了，我换下电池。"接着他放下吉他转身从身后两米远的一辆自行车上的背包里掏出电池，上前两三步蹲在音响旁换电池，再起身往前两三步回到麦克风前，拿起吉他，继续弹唱。这时，我才发现，他一个人的舞台并不比观众席来得单调，甚至比几十个人排排坐在一起的观众精彩得多。钱箱、麦克风、音响、琴箱、自行车、大人小孩、大海，由近及远，而他站在中间，被风包围着。每件物品之间隔着恰好的位置，也许他只是随意一放，但在空旷的沙滩里，却突显出一种豪迈的纵深感。不要说话，不要说话，就这样，盯着他模糊的双眼，歌声好听了起来。

　　夜渐渐深了，沙滩上的游客便往岸上走，几个大腹便便的男人像刚刚擦掉嘴上油渍的领导前来巡视一般，陆续从我们中间走过。天地广阔，可他们非得往人堆里钻，我只恨眼神不能穿透那些男人身上的笨重和油腻，而被活生生斩断了与歌者连接的视线。观众群里的少女们也开始按捺不住了，有人起身离开，但不忘上前往钱箱里丢下钱，有人生怕帅哥要走，便开了嗓子喊着歌名求点歌，有人干脆一只手拿着钱，冲到帅哥面前问："xxx，会唱吗？"他说了会唱之后，那姑娘又颠颠着欢快地往钱箱里留下手里的钱，跑回自己的位置。还有位姑娘勇敢地举着手机屏幕的歌词，求帅哥帮她弹琴，由她来唱一首《春天里》，大家再一次被舞台上的变化吸引了。结果姑娘一开口，没着吉他的调，却忘我地唱着，帅哥提醒了几次，从头开始重复了几次"还记得……"，依然不能着调。无可奈何之下，他把变调夹换个位置，终于搭上了姑娘固执的调调，可惜整首歌下来，她把调跑了个遍。姑娘唱完之后，自信地回来，观众们依然静静地，没有任何反应，只有她旁边的一个姑娘为她生硬地鼓掌着，还不忘说一句：勇气可嘉。真是说了不如不说。而我却依然处在恍惚之中，不知道那姑娘知不知道刚刚发生了什么。虽然她不小心击破了夜色里的某种安静，但她陶醉的演唱却给自己酝酿了某种无声，把所有人都给呆呆地征服了。

曲终人散，剩下的观众纷纷起身，拍拍屁股往回去。我转身一看，那位我依然没有看清模样的男孩子正在把吉他放进琴箱，而刚刚那位跑调的姑娘依然坐着，玩着手机，有一种刻意的自然。似曾相识，有点意思。

有人聒噪，一刻不能安静；有人烦躁，一刻不能让别人发声；有人怕静，一刻不能独处；有人想静，却吵个不停。有时候，能倾听就安静，有时候，若欲言就止住，否则一开口，一来一往，真像买卖。谈得好就好，谈不好以为要吵架。若能吵得精彩，我也可以不骂脏话，否则不如打一架，给世界一个痛快。不过打架伤风败俗，还是安静地做个美男子或者美少女吧。

　　遇见美好的，不要说话，好好享受；遇见不美的，也不要说话，一笑而过；遇见忍不住想爆粗口的，更不要说话，说多了会内伤。不过，我只是这么想想而已，这么说说而已，若你怕憋死，只要不随处乱喷就随心随意吧，反正我是要安静地做个美少女的。

第六章

趁阳光正好，趁青春未老

是什么，让我醒过来

阴雨绵绵的西安，让我想起杭州，想起大四实习结束后兴致勃勃踏上的人生第一次独自旅行。那时也是十月，一样是刚到时就不见停歇的连绵雨下，冷冷清清的空气让人想立即竖起衣领，缩起脖子低头往住处走去。昏黄的灯光，两个人围着一台笔记本电脑躲在前台一角，客厅没有客人，几首从来没有听过的歌曲在耳边循环。从那时，我认识了 gala，认识了《追梦赤子心》，以为这些奇怪的歌曲只属于这里。那时，我还不知道民谣，不知道他们是民谣歌手，不知道那些叫作小众歌曲，只是哼着刚刚学会的歌在旅舍和宿舍之间的小坡上上上下下，那时的冬天不知冷，一个寒战抖动着的都是兴奋。

阴雨绵绵的西安，当我再一次走下火车，用它饱满清冷的温度迎接拥抱我。所有疲惫似乎一下子绝尘脑后，突然清醒，莫名兴奋。"啊，真的来到不一样的地方啦。"二十七个小时的硬座，算不得什么，而走在风中的小小兴奋，却是片刻下的全部。在我看来，冷冷的天气并不是出行的好时节，可奇怪的是，旅行的几年中，每每要出发的时候，冬天紧跟着就来了。可是，那又怎么样呢。

从徐家庄站乘坐公交到达翠华路，下了车便能看到对面的陕西历史博物馆，这是我在火车站一个竖着的写满西安景点的牌子上看到的最后一个景点。"就它了，不用门票又有意思"，我做了个小小的决定。虽是路过西安，多少也要看点没看过的。正想着过马路到对面，发现领票处排队的游客已经排到了我看不见的地方，果然如收留我的妹子所说，晚了就要排很久的队。她的提醒似乎还在耳边，可我这时才真的相信她的话千真万确，没有一点夸张。退回到站牌，看了看，发现下一站居然是雁塔路。"是大雁塔的雁塔路吗？"我这样想着，脚步已好奇地向前去了。

把博物馆先悄悄甩到身后，继续往前，路边的大树们接天连叶挡住灰蒙蒙的天，踩在湿漉漉的路上，头发里偶尔还能接到从树上滴下来的雨水。雨伞撑起来，撑落小雨，也想撑走头顶的天灰，那是古都西安我所不喜欢的一种常态。路过一家书店，驻足几秒还是进去了，偏偏一眼就看到了放在离门口最近的架子上的《红玫瑰与白玫瑰》——近期最想看的书，书的侧边落满了灰，店员也并没有想擦干净再装袋的意思。我想，好吧，等我翻开这陈年往事，往事上的尘也该落下了吧。

大雁塔在抬头的前方露出上半塔身来，走上入口的台阶，一种无限熟悉的感觉立刻从脚下蹿上头顶，两年前的场景历历在目，仿佛昨天才来过，哦不，就刚刚，就刚刚，否则怎么可以重叠得这样天衣无缝。围着大雁塔绕了大大的一圈，来到景点门口，左入右出，不停有人来来去去，面目呆板。在出口的地方站着两个女生，小背包背在胸前，不停往里瞧，我想她们会不会和我一样想进去又不想买票，便找了个最佳窥探口呢，于是我也上前，和她俩站成一排，侧身往里瞧了瞧。不一会儿，有人出来，只听到她俩几乎同时说"去XXX，拼车，马上走啊。"啊？啊？啊？默默退回。

在往回走的一条步行街上，各种小柜摊在路边方方正正规矩站立，首饰纪念品画像师循路而去。走到一个看西洋镜画片儿的柜前，只看见五张小凳子成略小弧度摆放，刚好依着柜前那台古老的木制柜子，柜子上写着"西洋镜"，文字下一排五个小孔，顾客需坐在凳子上伸着脑袋往小孔里看，就能看一场现场上演的小电影串烧了。精彩的片段在顾客的眼前上演，围观者们听着老先生的关中方言解说，似乎更加趣意浓浓，意犹未尽。"大幕徐徐拉开，我们来看武松打虎，老虎来了来了，来，你来"，老先生用扇子轻轻打了打其中一个顾客的肩膀说："你来拉这个环。"一个男生循着旁边挂着的一条线扣住了线下的圆环。只听到老先生一声："拉！"那位男生用劲往下，似乎这个互动让他热血澎湃。"看，老虎是不是被打死啦。哎呀，现代科技都不知道老虎是怎么被打死的呀……好，升堂喽，开封府开堂审理铡美案，陈世美抛弃妻子，该斩！"老先生一挥扇子说："拉！"拉着线的男生熟练一拉，老先生接着就道："看，人头落地了没有？"不知观片者心情如何，围观的人们已乐得笑开了怀。接下来又表演个什么故事，不甚清楚，只记得那十分调侃的故事结尾说："……现代人不讲文明，乱扔果皮纸屑，该打。"明明是个历史故事，还能结合现代文明，算不算与时俱进了呢。花白寸头发，暗红袄外套，微微笑着的脸上，慈眉善目。左手挥着折叠扇子，右手熟练地从左到右快速变换拉着十几根线，西洋镜里精彩的故事就在这一拉一放一换中间神奇上演。而老先生那一声声解说腔调，拉长句短，再配合身体四肢的不时舞动，好听又好看。那样的活力让人觉得他永远不会变老，那一代的人永远不会被遗忘，像古老而美妙的西洋镜一样。

"有些人看了三遍了，有的人一遍都还没看过呢……"老先生的招揽声还在耳边，听过几遍后的故事还可回忆起来，可是那故事里的腔调却是怎么也不能清晰地回味起来，实在好听。

回到博物馆外的免费领票处，排队的人少了很多，正排到距离售票窗口不远的时候，传来广播：暂停发票！由于博物馆参观人数众多……呵呵呵。在等待发票的过程里，我拿出包里的书依着一旁的栏杆看起来，这时一声声浓厚粗犷的当地方言又在耳边响起"肖华辣儿（小花篮）~肖操猫（小草帽）~肖鸡达儿~（小鸡蛋）……"抬头一看，一个老爷爷左手挎着两个购物袋，十指间正玩耍着一个个小小的铁丝制成的小玩物，这样折过去像帽子，那样弯过去像篮子，往中间轻轻一拨又是个鸡蛋。两块钱一个的小物件，变得人看花了眼，似童谣一样的吆喝，唱得人乐开了花。队伍终于挪动起来了，我走过老爷爷身边，买了一个放包里。听到身后一个女生对她的男朋友说："看着挺好玩，两块钱也不贵。"我回头笑着回应她"我喜欢他说话，像唱歌"。

陕西历史博物馆的参观人数比想象中的多很多，就连曾经去过的上海博物馆也没有这样的盛况。挤在同一个展厅的游客们简直要摩肩接踵，面面相觑。奋力挤进有解说员的人群里，发现他们人人都配有一个耳麦，解说员已经不像以前那般费力讲解、声音响亮了，不花钱还想听到清晰的解说吗？没门儿！好不容易碰到一个加上解说员只有三个人的团队，结果直接站在解说员的旁边，竖起耳朵，都听不清他在讲什么，林黛玉啊这是。一个人默默逛遍整个博物馆，看到有人这懂那懂，有人似懂非懂，我是不懂不懂。历史更替时光流逝能让一件暗淡的青铜残片在展柜里绽放光芒，而那书写朝代迷人眼帘的青釉三彩又何尝不是以那遥远的繁华衰落深刻人心，岂止是眼前的花花绿绿？越往后看眼前的色彩越是斑斓，继续往前又回到了最早的青铜时期，不知道为什么，我喜欢那简单笨重又绿迹斑斑的青铜器具。就像喜欢一个人往深处走去，而不是拘泥于脸上的胭脂红粉。

　　时间太快，未来太慢，快两年了，以为自己一定按捺不住想要远行的脚步，可是日子走着过着，习惯着。走了就停不下来，停下就走不出去，中间的界限被两种截然不同的习惯狠狠地一刀两断，不管是从此转到彼，还是从彼换到此，总让人有一种突然崴到脚的疼痛或是想要呕吐的冲动。还好我的胃口好，大不了反个胃，又是吃嘛儿嘛儿香。

　　厚重的历史气息栖息在城墙之下，凉皮肉夹馍臊子面在街边沸腾，是什么让我如此清醒，温度，建筑，还是美食？都是，又都不是。是不一样，让我醒过来。

豆浆油条，是北京的味道

不知道为什么，再次来到曾经来过的地方，竟然都会有一种回家的感觉。过去以为大概只有深爱的大理才会给我故乡的亲切感，可是再见北京——曾经为了看演唱会顺便待了一星期而已——恨不得狂奔进它的怀抱。

是因为一天一夜的硬座太疲惫了吗？是因为在西部水土不服拉肚子一个月吗？让我抱住了一棵可以暂时栖息的大树便兴奋不已？因为这里有亲爱的五迷朋友、一起旅行过的伙伴、善良逗比的学姐……那些向我挥手"来吧来吧"的可爱的人儿？还是因为看过天安门的降旗、在辉煌的故宫自娱自拍、恋过北大未名湖的柳絮、在十万人的鸟巢尖叫？让我幻觉自己是有一些熟悉这里的。

然而并没有。

大大的城市小小的我，高高的大厦亮亮的灯，透过车窗，满眼鲜活，这个城市的人是不睡觉的。在新疆，晚上八点才开始暗下来的天，突然五点就黑了。上午九点才看得到的天明，突然六点就有了动静。昨天，我还是十点起床，今天，七点起床，自然醒，不需要任何时差。

下了火车，和人群一起往地铁站快速走去，漫长的火车让每一位旅人都变得迫不及待。买好地铁票，刷票进站，再下一层电梯，就能看到空空的 7 号线等在起始站。duang~ 车门打开，等在车门前的人们仿佛同时被按下启动按钮，四周的空气在人们抬起脚的时刻沸腾起来。而我迅速坐下时，早已满座。地铁恰好不拥挤的时候，比任何交通工具都要可爱。

按着之前查好的路线，坐到虎坊桥下，一路看着指示牌往 C 口出。夜晚零下的温度，耗尽电量自动关机的手机尚且在包里冬眠，而我却只能摸索着大致的方向前行。一辆三轮儿车停在路边，没有犹豫就兴冲冲地过去问"师傅，去陕西巷吗"，师傅转头轻轻笑着说"不拉人儿"。我心想：真是傲娇有个性的师傅，天冷就不做生意了，不做生意又停路边。可是地图上明明显示着走出地铁不远就过马路的，又不见人行通道。

继续往前才走不远，刚刚在我右手边的三轮车这会儿缓缓挪到了我的左手边——既然不拉人那么就问个路吧——还未走近，一辆自行车从身后蹬过来，我停了停脚步，只听见骑着自行车的阿姨一句"谢谢啊"从耳边滑过——还想走近，却呆住了两秒。谢谢？谢什么呢？避开车辆不是行人的本能吗？否则岂不是一连串催赶的铃声，甚至有时是司机的一顿狗血淋头。一句突然才摸着头脑的"谢谢"让人恍然大悟，原来刚刚的我和那经过的自行车是平等了，我的小小等候在那位阿姨看来并不是理所应当的"快点让开"，而是礼让，所以其实我并不是识相，而是个有礼貌的人儿呢。而当人们都拥挤在一个"请让开"的要求声中的时候，又怎么能听到像"谢谢"这样动听又友好的赞美声。据说，日本经常会有给行人让道的车辆和向司机鞠躬感谢的孩子，而中国有的是红灯不停车的司机和团购闯红灯的行人。

再次走近那辆小小的三轮车，才看清原来这辆三轮车里堆满了东西，像各种配件。

我又试探着问师傅："您知道陕西巷怎么走吗？"

"陕西巷……这还真不知道，你用手机导航看看。"师傅建议道。

我顿了顿，无奈道："我手机没电，关机了。"

"那你等着，我给你导航地图。"说着，师傅就从口袋慢慢掏出手机。

真的吗真的吗，我兴奋地凑到大爷的手机前，他正熟练地在搜索框输入"陕西巷"，精致的街道在小小的屏幕里随着大爷的手指放大放大，巷口那么近，近得让人在寒冷里生出了希望。想到大爷的热心、开朗，并且拿着手机小心翼翼地在屏幕上触点，很认真，又想到自己，甚至连手机导航都没有使用过，low 极了，再想到现在许多年轻人，刷屏的手指那么迅速到出神入化，却不见那认真的样子，才会经常忘记刚刚才与谁讲过的话。

202

不过两百米的距离，在过了前面的过街天桥后，我又迷路了，到底哪个巷子才是陕西巷。看到有个姑娘路过便"逮"住来问，结果她尴尬地笑笑说："不好意思啊，我也不是很清楚，这里的胡同太多了。"胡同？对嘛，应该叫胡同呀，这才有京味儿啊。最后，还是跟着一对路人往回走才看到某个路口的高墙上那小小的牌子上写着"陕西巷"。真是为难矮个子加近视眼，叫我一个人如何找也是找不到的。

走进巷子，不知为何越走越莫名地自顾自兴奋起来。矮矮旧旧的房屋，屋檐台阶让长长的小路显出错落的层次感，各种便利小吃店随着我的脚步延伸而去，从里面透出灯光来。真棒，我居然住在胡同里，真棒，胡同里我即将要到达的上林青旅居然是清末民初时有名的青楼，距今已三百多年。在黑夜和白炽灯相交的巷子里，一簇独特的红色灯光映衬出一栋红木房屋，名副其实的陕西巷"红灯区"。在高高挂起的红灯笼旁，"上林仙馆""上林宾馆""上林酒吧"招牌沿街依次高挂，而大门却在一处屋檐往里娇羞地站立着，小小的，紧闭着。门梁上写着"阿来客栈"，左联处写着"上林国际青年旅舍"，这才是我最初所知晓并寻着而来的名字。站在门口的我不知是该陌生还是惊喜，它的来历和经历让我迷惑又欢喜。

宽宽高高的天井式四合院，院子很大却在中间位置摆放了大大的木雕、木椅、假山、盆栽，只留出两边过道，满满当当又冷冷清清，没有人在其间来往，只听见细细的水流声。抬头间，是红灯笼环挂一圈在二楼的木柱旁、木梁下，映出整栋楼的大体构架。娇小的楼层，房间与房间的分隔难以辨明，但清晰可见一扇扇关着的窗，没有一丝热闹的生气。

在这样一座盛负历史的城市里，这样一幢故事错生的房子里，想必任谁都不能一心一意睡在自己的旅程中，总要搜寻点百年前的故事和痕迹来满足自己的好奇心，顺便补补脑。我也一样，大首都还有那么多的宫殿博物馆要去参观，那么多的胡同想去逛逛，可是既然先来到了这里，加上下雪天冷，再要出去一趟，恐怕要过上一小段时间吧。

北京像缓缓流水，让人喜欢，它确是如"我家大门常打开，开放怀抱等你"那样唱得亲切、实在。从骑着自行车的阿姨的那一句"谢谢"到掀开厚重的门帘来到要住下的地方，一切都是随意又自然的。我欢喜自己终于找到了落脚点，可以暂时不用每天出门逛到天黑，不用三五天一趟十几个小时的过夜火车坐到腿麻。裹在被窝，就着暖气，码码字句，如此甚好。北方的冬天，只要不出房门，比南方好得多得多。

早晨的胡同是早餐的天地，米粥、鸡蛋、包子、煎饼，我买了个煎饼之后瞬间后悔，左手拿也不是，右手拿也不是，冻得人左右为难。一家小店门口，老板正拿着长长的筷子在油锅里翻转着油条，我想到了超级早餐搭档——豆浆油条，又突然觉得，咦，豆浆油条，北京的味道。因为它之于我的味道好似就如豆浆油条之于南方人的味道一样，那么市井又宽容，那么简单又难忘，本来只是一种食物、一个住所，可是久而久之，它们都会嵌到人的身体里，不知不觉。北京就有这样一种令人久久还会想起的味道……

在北京，豆浆油条，我想必是吃不腻的吧。

旅行和爱情，遇见的时候最美

办完入住，交完房费，行李留给身后的男生，我一个人轻轻松松走上旅舍二楼。二楼的公共区域里，一张大大的木质炕床靠墙放着，床中间是一张矮矮的桌子，一男一女倚在桌子两旁靠着墙倚着桌聊天。我先跟他们打招呼："哈喽。"女生看见我，问："一个人来吗？"我说："不是，还有一个男生在后面。"她略略一撇嘴角："好吧，那算了。"仿佛瞬间对一个刚刚提起兴趣的人失去了兴趣。而我，默默发觉有一种对方归为某一类，接着被丢弃一旁的感觉。拜托，我也是一个人旅行的姑娘好吗，才不是羞答答跟着哪个汉子浪迹天涯好吗，再说了，就算是结伴旅行的人也是可以勾搭，也是可以有不一样的故事的好吗。初次见面，并不相识，多解释无益，只好径直走向房间。

放下行李，同行的男生JJ建议先出去吃饭，这确实是件迫不及待的事。一天一夜的火车，既没睡好也没吃好，此时早已饿得发昏。俩人刚走出旅舍不久，JJ腼腆地笑笑说："好像很多人都以为我们是男女朋友，刚刚旅舍那个女生就说，还有昨晚在火车上，旁边的人也问……"我若无其事面无表情地回答："很正常啊，一男一女出来旅行，别人当然就以为是男女朋友啊。"其实心里堵着呢。昨晚在火车上靠着椅背睡觉时听到对面的大叔问他"你们结婚了吗"，简直要背过气去，对着这么萌的两张脸怎么能一下就脱口而出结婚这样的字眼呢，实在是冒昧又冒犯。更捉急的是当我心安理得继续闭着眼打算把一切交给JJ去解释的时候，迟钝的他回答大叔的第一句话居然不是斩钉截铁的"不是"，而是顿了顿，猝不及防地从我们认识的那一天说起，表示我们认识不久，语无伦次，断断续续。此时此刻，我应该立马睁开眼睛瞪着大叔告诉他"NO"吗，罢了罢了，又有什么关系呢。每每看着JJ本想解释得清清楚楚却反而不清不楚的样子，真是很着急。

在被称为最具新疆风情的喀什，两个无关风情的男女走在街上，只为了解决了一顿温饱。然而，总有人想跃跃欲试，探探究竟。若是原本就是一对情侣，那有什么意思，就是要那种即将要发生的故事，才够挑起人们的神经。可是我并没有立刻明白的是，有的人虽然看似想要听故事，眼睛却不闪光，满满地沉淀着正在发生的故事，恨不能一吐为快。

"你们结伴多久了？"女孩坐在下铺的床沿上问我。

我想了想，掰着指头数了数："大概十天吧。"

"十天啊，你们这样朝夕相处了十天，难道就没发生点啥吗？"她这样问，语气里却觉得理所应当发生点什么。

"没有啊，十天而已，为什么会发生点啥？"我淡淡地回答她。因为确实不明白为什么就要有所发生，又觉得就算有所发生也是正常的。

"好吧。"她有点失落，更多的是疑惑。

后来才知道，原来她在这家青旅里，和一个男生才认识了三天，那男生便喜欢上了她，而她是否喜欢对方呢，自己却并不十分清楚。也许正是因为这样，她才想从似乎相似的我身上——同样是一个人旅行的女生，同样遇上一个男生——找到更多的共鸣，可惜，我没有相同的版本可以给她一个可以参考的答案。

这样一个性格大大咧咧，说起话来干干脆脆的女孩，却被旅行中意想不到的倾心撞倒了平衡，烦透了心，变得毫无主见。她太需要有人倾听她的故事，太需要有人帮她一起分析分析，太需要一个果断决定。于是故事就这样说起来了，没有任何前兆，没有任何开场白，突然就插播进两个还是陌生人之间刚刚才熟悉的空气里。我自然是惊了呆了又平静了。

"他说他旅行了这么久见过那么多姑娘，都没有觉得喜欢的，就来了这里看到我，然后就说喜欢我。"她这样复述着他的话，嘴角微微一笑，眼睛里却全是迷茫，好像连她自己都觉得奇妙得不敢相信。

"哇，真的吗，可是你们就认识了三天？"故事奇妙得令人有些激动。

"是啊，晚上的时候大家一起喝酒聊天，到第三天的时候，他就当着那么多人的面，向我表白。"

"好吧。那现在呢，他人呢？"

"回去了——还给我订了去他家的机票……"

"啊？——哇！"真是太久没有听到这种令人瞠目结舌又少女心爆发的故事了。

"那他哪儿的呀？"

"山东。"

"好吧。那他还回去干嘛，留下来啊。"我着急地问道。

"不是，他早就买好了回去的机票，也不能退。"

"哦——"

"所以，你觉得我应该去吗？"她终于问道，这才是这个故事最重要的部分以及最关键的部分。

"去啊，反正机票都买好了，反正你也不知道接下来要去哪里，反正你也不讨厌人家。"我说。

我猜想着她最后一定会去的，除非她连那个男生的脸都不想再看见，显然不是。可是还是要犹豫啊犹豫啊，试图找到一个非去不可的理由让自己下定决心。

"哎，好烦啊——"

三天的爱情真的靠谱吗？不，应该说，三天的爱情真的叫爱情吗？我想，听到这样的故事的人们多多少少都会有这样的疑问。可是，两个人中若是没有一方勇敢，没有一方先有所行动，那么就算两情相悦，也是要散的。更何况当下，有个人已经迈出了九十九步，就差你的那一步了，是迈呢，还是等等呢？

有人已经铺好了一条撒满玫瑰花瓣的路就等着佳人款款走来，也有人干脆留下来径直走到离你最近的地方，还有人口口声声说要去找你，却迟迟没有来。那么早就表达的情感，会在更多的相处之后变得荡然无存吗？会在彼此分别之后相忘于江湖吗？会在当我发现自己也喜欢你的时候，新欢成旧爱吗？旅行中真的会有爱情吗？我这样自问，而同时又厌恶自己把旅行和爱情二者排列得那么界限分明，好像它俩同一个时空只会出现在见证奇迹的时刻。可是，旅行本身就是生活，为什么不可以遇见爱情、追求爱情呢。天涯咫尺的虚无缥缈是别样的浪漫，咫尺天涯的共赴今生又是哪般壮烈呢？

张爱玲写到"于千万人之中遇见你所要遇见的人，于千万年之中，时间的无涯荒野里，没有早一步，也没有晚一步，刚巧赶上了，没有别的话可说，唯有轻轻地问一句'噢，你也在这里'"，仿佛当下那样的遇见早已美好得胜过一切，神圣得只能瞻仰。于千山万水间遇见不曾见过的风景，于茫茫人海里遇见迎面走来的你，眼一亮，心一动，就欢喜了，哪里管得住往下发生的故事将是如何。

我已沉醉，醉倒在那张预定好的机票里。不管那俩人性格如何，是不是适合，不管这是不是哪个神经病的恶作剧，不管那男生有多着急，女生有多烦躁，我全然不关心，甚至不在乎他们接下去会发生什么故事。剧情发展到这里，我需要时间来消化这种令人惊喜而不能彻底的突如其来。如果是编剧的安排，那么这个点，我喜欢；如果可以投票结局，求上帝发发慈悲，不完美没关系，但不要太惨。旅行和爱情，遇见的时候已经最美，只是恰巧撞见，已是不言而喻的惊喜。

祝福有情人，尤其是站在悬崖边告白的有情人；祝福爱情本身，尤其是发生在绝壁边那根树枝上的爱情。

偶像要追，青春不止

公车上，晨晨问我："怪兽结婚了你知道吗？"我非常吃惊："什么？怪兽结婚了？阿信才传出恋情，怎么他就结婚了。"她说："和阿信那消息同一天的，那天我姐还说现在就剩下怪兽了，没想到接着怪兽就发微博了。""怎么可能呢，那天我也在看微博呀，怎么没有看到其他人的转发呢？""可能被阿信的消息覆盖了吧。不过他们也该结婚了。""是啊，都快四十岁了……"

我偷偷瞄了瞄坐在我们俩边上的乘客，也有意降低自己的音量，毕竟在车上高谈阔论难免会吸引到别人的注意，况且谈论的还是偶像，听起来似乎很幼稚又很疯狂。而我们俩也确实太认真了，仿佛口里谈到的人事物和我们息息相关，这种认真让我突然觉得很尴尬，又很有趣。

时隔两年半，当我们再次相见，没有任何客气的招呼，而是互相开心笑着，深深拥抱。话题从我的旅行开始，过渡到五月天，就再也不想挪开。那些年的痴迷、喜欢、疯狂和改变，和她再相见的时候，全部来到我的面前。我们可以那么自然地开口就是"他们最近……""很忙吧，因为马上要出新专辑了""天呐，多久没看现场了""明年就有巡回"，和以前一样。

那时博客和微博刚刚流行起来，我们在网络上互相认识，因为都喜欢五月天，和其他五迷一样，每天把他们的身家背景、娱乐消息、歌曲、视频翻来覆去地听了又听看了又看说了又说，几乎到了关于五月天无所不知的地步。除此之外，大家还喜欢在微博上参加各种抽奖转发活动，再艾特对方，虽然没有一次中过奖，但却因此连结了感情，熟悉了彼此。隔着屏幕网络，总觉得她们都像一个个天真的小女孩，很可爱，很温暖，像家人一样。

从那以后，我的旅行渐渐开始，厦门、杭州、北京、香港，我希望每一年可以在不同的城市看一场他们的演唱会。很遗憾，这两年，我失约了。演唱会太少、时间不搭、穷酸潦倒、抢不到票、办不下签证，总之，失约了。没想到，两年过去了。那时，我还没有想过长途长时间旅行，只觉得演唱会和旅行，是不错的搭配。那时，也不知道自己为什么聚餐逛街都没钱，偏偏就在买演唱会门票的时候，就像一个穷途末路要拼手一搏的赌徒，统统砸进去，虽然很明显这钱是不会赢回来的。别人是双十一买买买，我是演唱会门票抢抢抢，而且还要自己亲自长途跋涉上门签收领货，没有快递没有好评返现，但从来没有想过就此剁手。看起来是不是很有钱，是不是很奢侈，是不是很酸爽，所以一直在吃土，从未改变过。而最让我难忘的是，第一次买门票的钱是找堂哥赞助的，现在想来居然觉得不可思议。像一个天马行空的想法，得到了肯定。

2010年，真正认识五月天第一年，恰逢他们的巡回演唱会来到厦门，在我还没来得及把他们所有的歌都听过一遍时，就已经在演唱会现场跟着哼起来了。还记得那天和同伴一起在去体育馆的公交车上，我晕车吐了一地，极其丢脸。

2011年，喜欢五月天的第二年，除了一些歌的歌词记不清之外，每一首歌几乎只要前奏一起，我就能说出歌名。在杭州演唱会上，和几个认识很久但第一次见面的五迷坐在一起，脸上贴着蓝色的贴纸，手里挥着荧光棒，我们都和平常的自己不一样了。还记得那晚，一个房间两张拼凑起来的床，头脚交叉挤下了七个人。

2012年，喜欢五月天的第三年，我毕业了，第一次坐那么久的火车，从南方到北方，下了火车紧接着就坐上地铁赶到鸟巢，不知道自己为什么这么想来参加他们十万人梦想鸟巢的盛宴。还记得那会儿，有五个女孩坐在公车的最后面，大声讨论关于偶像的种种，整个公交车上，回荡着五月天。

2013年，喜欢五月天的第四年，听说香港的红磡很小，可以离偶像很近，几个人约着要一起去，最后剩下我一个。还记得第一天到达香港，晚上一个人走过漆黑的深林小路时还有些害怕，而在位于山上的偏僻旅舍里，居然遇到同样一个人来到这里的五迷。

　　往后的日子里，痴迷变成喜欢，喜欢变成习惯，就算不听歌不看视频不关注他们的近况，他们依然在心里，像五个老朋友一样，想说话的时候就把他们找出来。感觉好久不见的时候，就预谋着下一次的相会。

　　很多人都曾有过这样的想法：恨不能早些出生，和他们成长在同样的年代。我也曾因为自己还是初出茅庐的小粉丝而非常羞愧，现在反而奇怪当时的自己怎么可以那么较真儿。一千个五迷会有超过一万种有关五月天的回忆，有重叠的，有唯一的。在我看来，他们一直都像一首用简单的四大和弦一套指法就能弹出动听旋律的歌曲，没有高难度转音的包装，也不需要多种技巧的转变，就很好听。玩摇滚，曾经被认为是一件叛逆的事，而这五个不遵从规则的叛逆男孩，却在歌里鼓励我们要成为一个时代好青年。在"梦想"和"正能量"被玩坏烂大街的时候，我能在他们的身上看到梦想最初的样子和人心最真诚的善意，这才是我所珍视的。曾经还很爱惜而固执地称他们为永远十八岁的大男孩，现在可以毫不留情并温柔地说，你们这些老男人，真心祝福你们。

　　想想看，要是没有这样追过五月天，现在的我是不是会守着一份工作安稳生活呢，是不是会有很多的存款呢，会不会已经谈过好几回恋爱了呢，否则在这样漫长的时光里，至少也该有个对象了吧。有人说，青春就要过完了，却还不知道青春在哪里，而在我的青春里，我只后悔没有早点认识他们，没有在应该勇敢的时候放肆去爱。

"不过他们也该结婚了。"

"也是，耽误了那么久——诶，话说怪兽怎么就结婚了呢，他们到底有没有好好在做专辑。关键是我居然不知道。"

"那你看玛莎……"

……

特别的旅程，给特别的风景

　　不知道在那些比较少出门旅行的朋友眼中，旅行到底都会是个什么样子呢？是躺在火车的卧铺上看着窗外美景匆匆而过，还是托运了行李背着包在飞机上俯瞰眼下的城市经过片片白云，是到达酒店放下行李就能冲个热水澡舒服睡上一觉，还是买啥啥好玩啥啥棒吃嘛儿嘛儿香。而当你们知道你所羡慕的旅行其实与你的想象完全不同时，又会有什么样的想法呢。一千个人中也许真的会出现一千种不同的旅行，若你一种也没有尝试过，那么当你发现还有第二种第三种第 N 种时，会不会惊呼：天哪，还可以这样。

　　当我听到一个女孩说："我是打算骑自行车从四川出发去拉萨的，但是骑了六百公里后受不了了，就把车寄回家，继续徒步到拉萨，又到新疆。"

　　"你一个人吗？"我问。

“对啊。”她瞬间秒杀了我的讶异。

首先，她居然一个人骑自行车在那漫长而惊险的川藏线上；其二，我连自行车都不会骑。我的脑海里瞬间浮想在一长段坑坑洼洼的土路上，一辆大车经过，尘土飞扬经过她的脸庞，那酸爽。

接着她又以一种似乎被人超过的完败感说：“宇哥还是徒步从大理到拉萨，又徒搭到新疆的。”

“谁是宇哥？”

“就你对面下铺那个个子小小的女生。”

“她从大理走到拉萨的？”

“听说走了八十天。”

“八十天？！”

我的眼里大概充满着欣赏吧，像发现了不一样的光芒。发现了比硬座还要自虐的行走，发现了比自己还要勇敢许多的姑娘，发现了他人眼里的旅行的意义。总有人勇于在不一样里继续不一样，让旅行呈现出更多丰富多彩的模样。

听过她的“英勇事迹”后，我一直想跟那个女生搭上话，想跟她好好聊聊，好好问问这八十天之前的缘故和之后的故事。后来，听她说想要搭车去塔县，我毅然“抛弃”与我步调不一的JJ，决定和她搭伴，搭车去塔县。当我俩走在一起时，我才发现这姑娘居然比我还要娇小，甚至还比我小三岁，也发现被大家称为“宇哥”的她其实并不霸气，而是一个单纯自由的小姑娘，八十天的英勇也并没有什么稀奇，对她来说是自然而然的事情。

　　在荒无人烟的山坡搭帐篷，不敢睡觉的时候看一整夜的星星。一天不能喝上一口水，饿了却还没走到下一个县城。几天不能洗上一次澡，手脏得不敢碰自己的衣服。脸上晒出了痘包，脚跟走出了水泡就换脚尖踮着走，痛得哇哇叫。山下是热辣的暴晒，到达垭口，气温骤降，大雪茫茫。这些对身体和意志的考验和挑战，会让一个身处其中的旅行者不能自已，心甘情愿地走下去。

　　走坏了几双鞋子，再买就是了，可是晒黑了原本白皙的皮肤，是她最心疼的事情。同宿舍的那个女孩说："你没发现吗，晚上看宇哥的时候，都看不到她的脸，全是黑的。"在帕米尔高原参加塔吉克族人婚礼的时候，一群孩子围着我们，一个小女孩羡慕地看着我说："你好白啊。"其实她们的皮肤也非常白皙，只是高原的风把她们的两颊吹出了裂痕斑斑的高原红。而宇哥不能服气，偷偷对我说："我徒步之前，皮肤比你还要白还要好。哎，我妈和我视频的时候说'你怎么变成这样了'。"我相信她，其实是个文艺小清新，只是去过一趟西藏之后的人大多不能幸免变成屌丝的"诅咒"，何况她这样八十天的行走。

　　在北京旅舍的宿舍里，一个姑娘带了一箱子冬天的衣服和五十片暖宝宝，我问："你来一趟北方怎么带这么多东西啊？"她笑着，边涂抹着脸霜边说："原来自己也是一个背着包就能出门的人，后来觉得应该对自己好点。"听了觉得不无道理。但不能否认的是，旅行会让一个精致的人变得粗糙，也会让一个粗糙的人变得更糙，在美丽的风景和动人的旅程面前，其他都变得不那么重要。一个月穿同一件外套同一条裤子，早晨饿的时候可以先吃了东西再刷牙，坐过夜火车常常会省略洗脸刷牙这些日常，为了节省旅费住最便宜的男女混住间，偶尔吃吃泡面缓解日常的开销。明明可以不用搭车不用睡帐篷，可以把自己收拾得更整齐拍下更好看的照片，可以过得好一些，为什么不呢？为什么要把自己弄得可怜兮兮呢。也许是刻意不想对自己太好吧，也许就想不断地去克服一些只能将就的困难。旅行已经十分美好，一点点的苦头或许刚好平衡了生活。

　　风景无处不在，为什么我要跋山涉水，既然注定漂洋过海，请允许我用最特别的方式，与你相见。

孤独
——旅行必修课

其实本想把这篇的标题叫作"你好，25 岁"，或是残忍一些，26、27 也可以，总之一定是任何和生日扯得上关系的字眼。然而，此时此刻，当我吃完一碗便利店买来的麻辣烫，漱口洗脸之后，端坐在床沿，虔诚地对着电脑敲击文字时，突然觉得年龄和生日已不能成为人生阶段的里程碑，那不过是少女的把戏。当下的我、现在的我，真真实实感受到的是旅行中的孤独。是的，就是孤独，原来那是旅行的必修课。

今晨，刻意早早起床，为了最后吃一次旅舍里的早餐，稀饭配咸菜。为了陪我度过最后在"上林"的清晨，清和比我还早，已经在吧台等着了。谁喊了一声"可以吃饭了"，我俩立刻朝饭碗奔去，等到从厨房里冲洗了下碗筷出来，客房阿姨和锅炉师傅们已经在排队打饭。稀饭咸菜配馍馍，一如既往。我夹着咸菜，吃下一口就觉得不太对劲，味道完全不对，又说不上来奇怪在哪里。我问清和有没有觉得今天的咸菜怪怪的，她一脸茫然说不知道，只是没有以前那么咸了。我顿时恍然大悟，原来今天吃的才是菜，之前吃的都是咸呀。这一大碗的咸菜，突然孤独了起来。

和每个人道早安，大家也都来问候我，"今天上什么班呀"、"要走啦"、"去哪里"，每个人的目光里都充满着祝福，令人珍惜。大力来吧台找我，端来一碗稀饭，吃完后去厨房把碗洗了，又过来从背后抱住我，一个凶起来连男人都害怕的女汉子，娇羞在我的身后。只说一句"我先走了"，多余话没有再说。清和说"好困，我去睡觉了"，我说"去吧，别出来了"，后来发现，连这一句，都是多余。回到房间拿行李，客房大姐在收拾我的床铺，她站起来伸手要拉我的手，我已经一把把她抱住，然后彼此握住手，很久。拖着行李往大门去，经过前台时，伸着头往里面看，和两个男生分别道一句再见，他们看我的眼神，比任何时候都要温柔。箱子下的轮子在胡同里哒哒前进，走到那家不算常去的馄饨店，慢慢拉开他们家的店门，老板娘抬头朝门口看，笑着，然而这一回，我并没有进去，只是站在门口说"阿姨，我要回家了"，老板娘扯开嗓子说"回家啦，一路平安啊"，手里还包着馄饨，我又轻轻把门拉回去。所有人的表情都在温柔待我，都在对我说，一切太匆匆。

窄窄长长的胡同，任我如何抬头挺胸，似乎都走不出那种无畏的宽阔来，任我如何迈开大步，看起来还是像一个要回娘家的小媳妇。雾霾又在侵袭着这座无辜的城市，从天桥望下去，湿漉漉，雾茫茫，有些失落。往前走几步，又转身向后倒退着走，有些不舍。但我的脚步依然那么轻盈、坚定，从来没有想过停止，也知道自己不会停止。某种高高在上的孤独在我身边，那才是我永远不变的伙伴。

熟悉的朋友在很远的地方，匆匆而过的路人来不及微笑，好不容易遇到了志同道合的伙伴，朝夕相处谈天说地，等到分别的时候，依然匆匆。开始时，心急着要抛弃脚下的土地转身回家，到了后来，恋恋不舍的人散落在四周，我一个人在中间旋转，不知道要奔向何处。旅行并不是只有诗和远方，还有坚持，那是一场自己和自己的拉锯战。于是，我从不愿一个人，到不会一个人，最后，选择一个人。也从喜欢一个人，到害怕一个人，最后，享受一个人。

到了天津，这个从北京坐火车只要十七块五就能到的地方，拥有保留着意式建筑的老城区，还有开口就像说相声的天津话。可环顾四周，突然连一个可以谈笑的人也没有。我好奇自己出发时哪里来的勇气，舍得把自己从一个朋友相伴的温暖之地带到一个完全没有熟人的陌生之地，尤其在刚刚才有了这样的留恋。一个人吃饭，一个人逛街，一个人拍照，这样瞬间的转换，我是怎么说服自己马上适应的。情感是那么容易让人停惰的东西，从什么开始，我居然能一口咽下去，继续潇洒走一回。

意大利风情街上，两排大小洋楼优雅地挺立着，楼墙上开满了大小一致的拱形窗。高高的大门、通透的窗户、大大的橱窗，搭配上各种各样的装饰灯光，整条街浪漫极了。一处街角音乐大声唱起，走过去一看，几个女生正在大街中央跟着音乐跳舞，让人惊喜却摸不着头脑。歌曲唱到第二段落时，原本站在街边的路人突然也挥起双手跳着舞蹈纷纷集中到一起，我瞬间兴奋地发现，这是快闪。那么年轻，那么活泼，把冬日冷清的夜晚点燃。我挤在围观的人群中，跟着她们的脚步奔跑前进，一阵喜悦在身体里窜动。这时，一位朋友打来电话送生日祝福，不等他说完，我已经开始滔滔不绝向他分享此刻身处的动人夜晚。原本安静的夜晚变得那么热闹，可是孤独并没有消失，它依然躲藏在我的身体里，以另一种方式存在。

孤独是什么呢，它是苍茫天地独自一人的落寞，又是幸福人生独享一羹的清欢。孤独，是旅行的必修课，过去的我，想要甩掉它，此刻的我，正在品尝它。

孤独在悄悄滋长，其实并无所谓，就像上排牙齿里偷偷长出的智齿，那么隐秘。可是，我们的心就像那迫不及待的舌头，总是不自觉地往那深处去探索，等到终于摸清那异物的底细，便开始忧心忡忡。最终，不管是孤独也好，智齿也好，还是任由着它们生长。人们还是一如往常，该吃就吃，该嚼就嚼，一如脚下的路，一望无尽，谁都没有理由停下脚步。百度里说，智齿是人类心智成熟的象征，我便发觉自己似乎真的对世事又洞明了一点。而对孤独的体验，就像那颗智齿，尽在当下，无关年龄。没人知道它会出现在二十岁还是四十岁，也没有人规定它应该出现在什么时候。25 岁，26 岁，

27 岁……真的也有规定要完成的事，有既定的样子和生活吗？我不愿看到未来的自己总是遇见年龄，总在怀念和期待，而忘了刚刚正在遇见一个新的自己。这一天，并不是 25 岁的我，而是一个学着品尝孤独的我。

离别不说再见，离别不许相送，来时必定问候，来时请来相聚。但愿彼此无足轻重，都是各自幸福人生的一粒小小的种子。柠檬啤酒、西红柿土豆、一句祝福、一双醉红的眼，还有一句，要当一个没心没肺的有情人。庆幸的是，没心没肺，让孤独不能在身体躲藏，不幸的是，因为有情，孤独便有了一张无限邀请单。

孤独，你好，我是温暖的有情人，一个人的时候，欢迎你。

将硬座进行到底

从我的朋友圈中抓出十个人，大概有九个人都不能忍受二十个小时以上的火车硬座，还会一脸疑惑不解地问我："天哪，为什么不买卧铺呢？"

朋友们，当你们有了省钱的决心，就会知道：硬座！没得商量！脑子里再回想起那硬座车厢里满满的乘客，你的斗志就会被再次激发：为什么他们可以，我不可以！哼哼，三十个小时嘛。最后再安慰自己：那充满惊喜和惊吓的硬座车厢，怎是卧铺能明白！

三个步骤之后，一切都会变得心甘情愿。爱，从来都是需要勇气的。

忘记了是哪一位作家写过一篇关于火车硬座车厢的故事，把车厢里的各色人物、状态举止、眼神话语，描述得淋漓尽致，再恰当完整不过了，仿佛整节车厢就在你的眼前，那些人就在你的眼前嗑着瓜子，或是拥挤着穿行在狭小的廊道上。隔着一个时代的车厢，依然那么鲜活，那么共鸣，甚至比现在还要丰富多彩。硬座车厢，一定会有你经历过后毕生难忘的回忆。

一

旅途漫漫，最折磨人的不过是那不知该如何打发的时间。嗑嗑瓜子吧，最多两个小时之后，嘴里一定是又咸又干，累得不想要再动一下嘴。和周围的人说说话吧，通常话题已经升华到梦想人生，一个小时才过去。该聊什么样的话题呢，才能在意犹未尽时发现时间已过大半。带上一本书，以为是最好的选择，可惜翻开不过几页，又合上，之后再也没有在车上翻过。而在过去，乘坐火车的人确实只能吃吃喝喝聊聊天，即使在这样迫不及待的时光里，也一定耐着性子让它分分秒秒慢慢前进。相比之下，现代人幸福多了，手机、ipad、随身听，听歌看电视，不言不语，猛然抬头时，时间飞逝。

于是，你会发现，每次坐火车时，开口聊天的总是上了年纪的叔叔阿姨，年轻人更喜欢低着头做自己的事，听歌聊天玩游戏，不亦乐乎。大人们总是不明白，这些孩子的手机里到底藏着些什么东西，握着它可以玩上一整天。我也曾试着不停敲击着屏幕和不同的人聊天，可是一下子就结束了，并没有什么好聊的。我也是那不爱主动聊天的年轻人之一，但是不同的是，我喜欢望着窗外，一整个上午就过去了。科技越来越发达，人们的生活越来越丰富，可是人呐，却不见得有趣。

二

聊了半天，火车终于开到了下一站，下车的人并不多，上车的人却蜂拥而来。长途旅行的人，尤其是回家的大叔大妈，总是扛着巨大的编织袋，在廊道上边走边找寻自己的座位。因为劳累而瞪大的双眼，像在搜寻两旁的猎物。我祈祷着他们的座位不要在我旁边，否则头顶上的行李架必定是一次大整顿，狭小的桌子上必定瞬间堆满他们的食物。最痛苦的是，来者若是一对情侣或是夫妻，总喜欢男人坐着一个座位，女人则枕着男人的大腿蜷缩在那窄小的座位上，而三人座中位于靠窗的那个人，通常放不下肩膀，挪不开腿。

放不上行李架的行李，层层叠在一排无人的座椅上，堆积如山。好不容易挤上去了一大包，不料列车员过来检查，说是太占空间，非逼着拿下来，用绳子捆绑在行李架和座位头顶之间。有一次，一对新疆夫妇甚至把一桶黑色的液体放在行李架上，因为盖子没有盖好，随着火车的震动，不明液体渗出桶壁，一滴滴迅速落到我的裤腿上、手上。他们边道歉边解释说，这是油。我把手凑到鼻子上闻了闻，这臭臭的东西，居然是油。

离开的时候，总想背上故乡，回来的时候，总想带回外面的世界。

三

火车又开动了，列车员过来检查行李架，看到这个不整齐，那个包带垂下来，于是黑着脸操着脏话，掀开座位布套，一脚踩上去，边喊着"这个是谁的啊——你这咋放的啊"，边使劲拖拽行李。他把一个个横着的行李箱竖起来从右到左一一排列，行李架瞬间空了许多，那些随意散落的背包带被一一塞进包包下，一丝不苟。没有人会担心列车员乱动他们的行李，也没有人反感列车员的粗鲁，因为他会比你，更善待那些笨重杂乱的大包小包。他是随到随叫的叫醒闹钟，不让每一个客人因为睡着而错过深夜到达的车站。

当一个个不修边幅的大老粗们横躺在座椅上，鼾声四起，一个列车员经过，喊着"车马上要到xx了啊，下车的快起来了啊"，那画面不忍直视。从什么时候开始，凌晨到站的乘客居然可以睡得如此安稳了。让一个男人，叫醒一群男人，会不会有点太贤惠了。

四

一个称职的列车员，在我看来，除了要组织乘客放好行李之外，非常有必要叮嘱乘客们车厢禁止脱鞋。在一节封闭的硬座车厢里，一百多个人共同呼吸着彼此呼出的二氧化碳，已是无可奈何的坚持，而在原本浑浊的空气里再混入人类的脚臭，简直就是晴天霹雳。一熏十，十熏百，我要是再不脱鞋都显得格格不入了，于是百臭齐放。这时，要是有个"多管闲事"的列车员过来，严厉地吼一声："鞋都给我穿起来！"我会觉得她一定是全世界最温暖的人。可惜，至今只遇到一位，没有比她更负责任的了。若是有人装作没听见，她还会走到对方跟前，敲敲他的腿，坚定地说："鞋子穿起来！——整个车厢都是你们的泡面和脚臭味！"霸气！

作为21世纪有道德有思想有文化有颜值的我们，怎么可以干这种缺德事儿呢。收起你的脚丫，将是净化车厢空气的开始。

五

然而有一次，当我们兴奋无比地坐上一辆空空的长途列车，以为彻底逃离硝烟弥漫的战场时，赫然被告知，这是一辆临时超慢车，那简直就是一种比脚丫味还要残忍的体验。所谓超慢临时车，车次号是四字数字，不带任何字母。从甘肃柳园坐火车去新疆库尔勒，就买了一张最慢也是最便宜的车票，便宜到连检票员都不知道这列车次，看到票价时感慨我们赚了大便宜。而如此便宜的票价带给人喜悦，似乎早就预示着灾难：车晚点，却没有提醒，甚至屏幕上也并未显示过这列车次。十几节车厢的火车，只在其中几个车厢烧了暖气，而且暖气的温暖程度几乎等于没有。连续走过五个车厢，居然只有一节车厢头的厕所是可以使用的。而原本应该必备的热水箱，里头要么水是冷的，要么没有。又冷又渴，一整晚从这个车厢换到那个车厢，又从那个车厢换回原来的车厢，只为追随着那一丝用意念才能感受到的暖气。

走廊另一边座位上的一对夫妻，女人睡在一个三人座的硬座上，男人把自己的外套脱下，盖在她的身上，而他自己，双手交叉抱着双肩，冻得左右摇晃着。另一个长座位上，一个男人从大大的行李袋里拔出棉被，把自己包裹得那么严实，那么温暖，睡得真是踏实。而相比之下，位于斜侧方向的一个男生就显得辛酸了，穿着秋天的薄外套，整个人装进铺在座位上的蓝布下，一层薄薄的坐垫成了他的被子。然而即使这样，我们还是要庆幸，庆幸这列车的乘客那么少，少到一个人可以霸占一个车厢，让我们在夜晚，至少可以躺着睡觉。不管如何，还是赚到了。

别抱怨，是你还不够好

一束阳光从云缝里微弱地洒落下来，在能见度虚弱的城市里，突然让人惊讶得不可思议。似乎已经习惯看不见蓝天白云，甚至在没有一丝阳光照射的长久日子里，已经忘记，原来走在路上，是可以被温暖包围的呀。终于也明白，为什么那么多人，可以那么悠闲自在地生活在原本令人窒息的环境里。

然而，今天，依然是雾霾不分，笼罩着武汉的天空、长江、大桥、小巷。一切都很正常，与昨天并无两样。生活，总是不缺乏比这还要艰难、烦恼的部分。而这，哼，又算得了什么？

下了公交车，站在十字交叉路口，回想着昨天小鸢同学带着我到底是如何走到户部巷的呢。左转过马路？向右直转弯？这时，手机响起，是我爸。

"你到哪里了啊？"

"我在武汉。"

"什么时候回厦门？"

"明天就回。"

"好好好，我就想这么多天了你怎么还没到厦门。快点回来工作啦，再晚一点，一个月都不够了。"

"明天就回啊"

"早饭吃了吗？"

"没有。要去吃饭了。挂了。"

一句句关心的询问，一句句麻木的回应。

挂了电话，以为并没有什么。可是，那么开心的心情突然急转而下，难过极了。为什么你们要这样催着我结束旅行回去工作，为什么你们要破坏旅行带给人的这一份快乐，为什么你们总在试图约束一个根本管不住的成年人，为什么在我小的时候不去管束，如今长大了又来安排，为什么你们要让一个那么爱家的人开始害怕接听你们的电话。我已经26岁了，所做的事都在法律允许的范围之内，你们到底想要阻止什么，难道不觉得自己的行为可笑吗？

手里握着电话，眼泪已经翻滚下来，一股倔强让我非得回拨电话，告诉他们，我的回去是在计划之内，并不是因为他们的催促而妥协，不用觉得自己胜利而安心。只有这样，我才能甘心。可是，真的要这样吗？真的要和父母较真吗？真的要这样小题大做吗？一个电话而已，何必呢？若是换位思考，如果我是他们，看到自己的孩子成为无业游民，晃荡在一个个陌生的城市，难道就不担心吗？

可是，我并不是无依无靠，并不是落魄流浪，是享受着当下不会再有的每时每刻。只不过，自己一意孤行的美好，变成他人穷追猛打的关心。

妈妈的手机号已经输好在屏幕上，等待拨通，可我依然关掉屏幕，紧握着手机，一边思考着，一边向着和目的地相反的方向而去，我要怎么说才能让他们明白呢。一步——两步——三步——，长长的一条路走到了尽头，衣领上的帽子扣在头上，里头靠近脸颊的部分已经湿了一大片。话语还未出口泪先下，想要倔强却脆弱，我恨自己关键时刻从来就没有一丁点气势，此时，还要靠衣领上的帽子遮挡一张活脱脱溃败的脸。

转身继续往回走，用长长的路，争取孤注一掷的决心。回到最初徘徊的转角处，一所小学外，我按下了拨通键。

"喂，昨天打你电话，怎么没有接啊？"

"我在洗澡。"我胡诌了一个理由，急着想要转入重点。

"什么时候回厦门啊，该回来了，这都什么时候了？"

"明天回。妈，你听我说——麻烦你告诉我爸，我要回厦门是我自己本来就打算回去——不是因为他叫我回去我才回去的——不要再打电话来催我了，我已经受不了了。"每个字都在挑战我的泪腺。不断的停顿，我害怕被妈妈听出来。

"我哪里有一直打电话催你，没有啊。"妈妈的语气瞬间从热情地追问到无奈，也许我的叛逆高潮得太突然了。

⋯⋯

"好了，不说了，挂了。"

想了那么多气势冲天、自以为意味深长的大道理，还未开场就先哽咽。而为什么不直接回电话给爸爸呢，大概已经被他的无数逼问吓破了胆吧。无用如我，想要揭竿起义却又跪倒在那残忍的现实下，迟迟不愿接受。因为当我这么想了，下定决心这么说了，就证明自认为不被父母信任、理解和支持，而只是这一点，足够让我泪如雨下。

一栏之隔，里头是一个班级的学生正在上着体育课，他们弯腰压腿，做着热身活动。我背对着马路，他们背对着我，偶尔一两个学生回头来看，我依然站着不动。他们是幸福的，还不会感受到被逼迫的烦恼，尽管偶尔被父母要求着做一些不愿意的事情，听话就是了。操场外，一个人那么羡慕地看着他们，而谁又能确定，他们不是羡慕着外面的世界呢？

一棵已经伸展开无数各不相同的树枝的树木，若想再用一个四四方方的匣子装下而保护它，无非只是一点点折断它的身体罢了。可是，当我真正尝到那样的难过的时候，才明白，也许一切的不完美并不是来源于那无情的匣子，而是那还不够强大的我。无论是试着粉碎父母的威严，还是想要抵挡背后的世界，都是无用又可笑的挣扎。一切让你觉得愤怒不满的现实，会一直存在，如果你不去努力成为更优秀的人。一切你不愿意看到的担忧，也会一直存在，如果你不去努力过得很好让他们放心的话。

是否抱怨过父母管得太严，反而让你不想一切如他们所愿呢，是否无数次陷入想要冲破牢笼又不忍心伤害父母的矛盾里呢，是否明知有人会反对而依然如实告知希望得到支持呢，是否每次满怀期待最后得到一盆沉重的冷水呢？如果答案全都是"是"，那么请务必不要再以为是他人的不理解而自觉委屈，也不必费尽心思去拆穿那真诚但伤人的关心，让他人因你的处境而担忧，就是你的错，你的错，你的错，所有的一切只因你不够好，不够好，不够好，重要的事情说三遍。

　　所以，若是在意他人的怨叹冷对，又不想重复所谓的幸福人生，就请你坚定好信念，在这一条自由跑道上努力奔跑到底，让自己成为一个足够优秀的人。

为什么我要回来

　　曾经有个小伙伴非常认真地问我:"如果旅行过后,你的生活还是和原来一样,那么为什么还要远行。"我竟无言以对。因为似乎从来没有想过,要通过旅行使原来的生活变得更好或是出现全然崭新的一面。认真想了想,只好回答"因为喜欢",换成她无言以对。

　　之后我又反复自问"为什么呢",竟开始有些愧疚和尴尬。对啊,为什么我花了那么多的时间去旅行,最后生活并没有因此而改变,我还是回到了原来的生活,上班下班,朝九晚五。远方似乎传来嘲笑的声音:你看吧看吧,都叫你别出去了,浪费时间,最后还不是和我一样。

　　和原来的生活衔接得天衣无缝。

　　可是,我真的和你一样吗?和你一样,不好吗?长途旅行不能只是爱好,非要背负这样决定人生的使命吗?一切没有带来改变的努力，难道就没有意义了吗？任何事情，只要尝试了，至少也能比他人多一份失败的收获吧。

这一次，结束两个多月的旅行，再次回到出发的地方，既有甘愿又有不愿。新年第一天，朋友约我去她的前室友家吃饭，等我赶到的时候，饭菜刚好全部上桌，中间一盘是鱼。第二天，朋友在自家下厨，又做了一顿丰盛的午餐，又有一盘鱼，比昨天的还要大。她知道，我在旅行中已经念叨了无数次想要吃鱼的愿望。在北京做义工时，某一天实在忍不住想要改善伙食，约上伙伴上饭店点了一份水煮活鱼，并在那一周内，不约而同地又吃了酸菜鱼和烤鱼。想吃就吃，说走就走，所有愿望，一旦逮到机会，就迫不及待地要去实现。

若是把当下的旅行看成是普通的生活，那么这一份念念已久的水煮活鱼便是一趟旅行。可是尽管我吃得非常开心，非常满意，日常的洋葱土豆并不会因为这条鱼而立刻从蔬菜变海鲜，它依然是洋葱土豆，或是白菜土豆、洋葱白菜。而在家里，各种鱼虾就是我的生活，这时也许我又会想念成都麻辣火锅的旅行。可惜，大部分的愿望都像食物，尽管吃到了，你还是那个你，我也还是那个我，除非你立志要让自己成为完全不一样的人，成为科学家、天文学家、艺术家、作家、超人、蜘蛛侠之类。而至少还有很多人，正在成为梦想家。

俗世还是那个俗世，俗人还是摆脱不了俗气，但总还是要在有些尴尬的处境里幻想阳春白雪的样子，尽管在最不合时宜的时候。

你好心叮嘱我说别再往前走了，前方什么也没有。我听着你的劝告，脚步却已迈出，依然想要亲眼证实。路上不停地有人面露同情，说你怎么现在来了，太晚了，我还是不相信。风景会凋零，旅行怎么会晚。当那么多人都建议我放弃已经过季的新疆，终于有人说，你就是希望有个人告诉你可以去嘛，那我告诉你，去吧。原来，我需要的并不是建议，而是鼓励呀，其实走或不走，自己早已有了决定，无论收获与否。

看过从未见过的风景，认识从未遇见的男女，想要暂停却不能挽留，失败吗？看不到鲜花和硕果，迎面而来的都是寒冷和荒凉，见不到苍穹下最美的时刻，失败吗？看着眼前各种各样的建筑和工艺，听着他人脱口而出的历史往事，发现自己竟对中国文化那么无知，失败吗？坐过十几趟列车，走过十几个城市，最后回头，失败吗？如果旅行也是一场挑战，如果旅行也有失败，那么虽败犹欢吧。

乐于享受春华秋实，也甘于忍受严寒酷暑，敢于向上攀登，也坦于接受坠落最初。失败过和从未尝试过，你会怎么选择？与其和原来的生活一模一样，我宁愿在这一站盖下一个也许会被嘲笑的失败印章。

旅行是一盘想了很久，令人垂涎三尺的水煮鱼，是一颗可以让泡面吃起来更有营养的鸡蛋，是烧烤架上一串串被顾客领走的羊肉串，是老板问你辣还是不辣时，你原想说不辣结果却说出的"微辣"，是人们在赓续一贯的生活里突发奇想的火花。你说这是改变了，还是毫无改变呢。为什么要远行？"想换个口味"不算奢侈吧。为什么回来呢？谁不会在孤单时想念熟悉的味道呢。为什么还要远行呢？
因为还有期待。

　　谢谢有人拥抱我的回归，为什么不和你们一样呢，那也是我的
生活。谢谢有人期待我的收获，乐于听我说一段遥远的故事，发现
与分别之前的我那些许的不一样。但愿在我的经历里，你尚未如愿
看到的前路和未来，我们都能既往如前。

图书在版编目（CIP）数据

我从远方赶来，恰巧你们也在 / 枫子著 . —北京：
中国华侨出版社，2016.6

ISBN 978-7-5113-6108-0

Ⅰ . ①我… Ⅱ . ①枫… Ⅲ . ①随笔 – 作品集 – 中国 – 当代
Ⅳ . ① I267.1

中国版本图书馆 CIP 数据核字（2016）第 142443 号

我从远方赶来，恰巧你们也在

著　　者 / 枫　子
责任编辑 / 文　喆
责任校对 / 高晓华
经　　销 / 新华书店
开　　本 / 670 毫米 × 960 毫米　1/16　印张 /16　字数 /179 千字
印　　刷 / 北京建泰印刷有限公司
版　　次 / 2016 年 8 月第 1 版　2016 年 8 月第 1 次印刷
书　　号 / ISBN 978-7-5113-6108-0
定　　价 / 30.00 元

中国华侨出版社　北京市朝阳区静安里 26 号通成达大厦 3 层　邮编：100028
法律顾问：陈鹰律师事务所
编辑部：（010）64443056　　64443979
发行部：（010）64443051　　传真：（010）64439708
网　址：www.oveaschin.com
E-mail：oveaschin@sina.com